十手剝奪
粗忽の銀次捕物帳

特選
時代
小説

早見 俊

廣済堂文庫

目次

この作品は廣済堂文庫のために書下ろされました。

第一話　見合い騒動

一

深川三好町で十手を預かる銀次《ぎんじ》の子分、すなわち下っ引の豆六《まめろく》が捕縛されたのは文政六年（一八二三年）の正月も松の内が過ぎたある日の昼下がりのことだ。容疑は殺しである。豆六は浅草並木町の履物問屋砧《きぬた》屋の跡取り息子卯之吉《うのきち》を殺した科《とが》で捕縛されたのだ。

十手持ちの子分が人を殺したということで大変な騒ぎとなることは火を見るより明らかだ。その上、豆六が殺したという卯之吉は銀次の妹お勝《かつ》の見合い相手だったのだ。痴情のもつれか、豆六の片思いか、瓦版の格好の餌食となることも必定といえよう。

豆六は憔悴《しょうすい》の表情を浮かべ銀次に頭を垂れた。銀次は呆然と見返した。

「親分、面目ねえ」

話は四日前に遡《さかのぼ》る。

深川三好町にある縄暖簾《なわのれん》一富士《いちふじ》は昼八つ（午後二時）という昼飯時の喧騒の後、穏やかに時が過ぎていた。亥の堀《いのほり》に面した間口三間の二階家である。お藤とお勝という姉妹が切り盛りをする居酒屋だ。一階は小机が三つと小上がりになった入れ込みの座敷、二階は住まいとちょっとした宴会が催せるような八畳間と六畳間になっていた。

お藤は瓜実顔のなかなかの美人。但し、目がやや狐のように釣りあがっているのが気の強さを伺わせる。お勝は美人ではないが笑うと笑窪ができ、愛嬌のある顔になる。

お藤とお勝は実の姉妹ではない。お勝はお藤の亭主銀次の妹、つまり義理の姉妹である。だが、二人は実の姉妹といってもいいほどに息を合わせて店を営んでいた。

そのお藤の亭主、つまりお勝の兄銀次は一富士の主でいながら切り盛りは二人に任せっきりである。しかし、なにも仕事をしない遊び人というわけではない。北町奉行所定町廻り同心、牛久保京乃進《うしくぼきょうのしん》から十手を預けられ深川一帯を縄張りとする岡っ引なのだ。

銀次は男前ではないがたれ目のせいで親しみやすさを覚える、お藤より一つ年下の三十歳丁度の男である。


「兄さん、ちょっと」

お勝が入れ込みの座敷で右腕を枕代わりに昼寝をしている銀次に声をかけてきた。だが、すっかり夢見心地の銀次の耳には届かず、口元を緩めながらいびきを返すのみだ。お勝は呆れたように、

「ちょいと、兄さんたら」

と、肩を揺すった。銀次は口をもごもごと動かすだけで起きる気配はない。お勝は苛立ちを込め、

「もう、兄さんたら」

口を尖らせた。銀次は身体をごろんと転がせ、

「もう、飲めねえ」

寝ぼけ眼で上半身を起こした。お勝は舌打ちして、

「もう、しっかりしてよ」

「なんだよ」

銀次は大きく伸びをした。

「昼間っから、いつまで寝てるのよ」

お藤も調理場から出て来た。

「なに、言ってやがるんだ。おら、もう少しで鯛の刺身を食べるところだったんだぜ」

銀次は縞柄の小袖の襟に右手を入れ、ごそごそと首筋を掻いた。

「まったく、暢気なもんね」

お勝が言うとお藤も苦笑をした。銀次はもう一度伸びをすると、

「あ〜あ、で、なんだよ」

たれ目を瞬きながらお勝のほうを向いた。お勝は銀次の前に座りお藤にちらりと目をやった。

「実はね、気のせいなのかもしれないけど」

お藤も軽くうなずくとお勝の横に座り、

「お勝ちゃん、人につけ回されてるみたいなんだよ」

「なんだあ」

銀次は呆けた顔でお勝を見た。お勝は顔をしかめ、

「なんだかね、気配を感ずるのよ」

「気配……」

「人に見られているような」

お勝はうまく話せず両手を大仰に動かした。その滑稽な所作に込みあがる笑いを堪えながら銀次は問いかけた。

「いつからだい」

「はっきりとはしないんだけど、三日ばかり前、義姉さんと浅草の観音さんへお参りに行っただろ。その、辺りからなんだけど……。それから誰かに見られているというかつけられているというか、変な気配を感じるの」

お勝は自信がないらしく小首を傾げた。

「ふ〜ん、物好きな奴もいるもんだな」

銀次は吹き出した。

「ちょいと、ご挨拶だね」

お勝は口を尖らせた。

「ああ、すまねえ。で、何か危害を受けたのか」

「今のところそれはないんだけどね。でも、なんだか気持ちが悪くて」

お勝は着物の襟を合わせ、身をよじらせた。

「気にするなよ」

銀次が安易に返したものだから、

「おまえさん、それはないよ。お勝ちゃんは嫁入り前の娘なんだ。もし、妙な男に乱暴でもされたら、どうするのさ」

お藤はむっとした。

「そりゃ、そうだ。で、どんな奴なんだ」

銀次は腕組みをして眉間に皺《しわ》を刻んで見せた。

「それが、よくわからないの」

お勝は困ったように唇を嚙んだ。

「それじゃあ、手の打ちようがねえじゃねえか」

「何人か、複数の男のような気がするんだよ」

「複数の男……。そうか、お勝をかどわかそうって魂胆だな。かどわかすということは連中の狙いは何だ。お勝が十手持ち三好町の銀次の妹と知っての企てだな。するってえと、おれに恨みを抱く悪党の仕業か、それとも身代金目当てか」

銀次の粗忽《そこつ》の虫が疼《うず》いた。銀次という男、粗忽の銀次あるいは粗忽の親分と陰で称されている。早とちりばかりか、物事を自分独自の視点に立って考え、その考えに凝り固まって暴走を始めるのだ。そのため、周りははらはらするのだが本人は一向に気にすることもなく探索に邁進《まいしん》する。

従って御用は失敗ばかりかというとそうではない。そうではないどころか数々の難事件を落着に導いてきた腕利きの岡っ引である。

落着してきたのは銀次の強運にある。不思議なことに粗忽な探索を繰り返しながら妙な偶然が銀次に味方し事件が落着してしまうのだ。

銀次の粗忽に警戒心を抱いたのか、

「ちょいと、早とちりはやめておくれよ」

お藤が釘を刺した。だが、粗忽の銀次を止めることはできない。

「いいから、任せておけ」

銀次は立ち上がると調理場に向かって、

「豆、伝の字ちょっと来い」

大声を放った。背の高いひょろっとした男と小柄なずんぐりむっくりという凸凹の二人組が現れた。二人とも一富士を手伝いながら銀次の下っ引をしている。背の高い方が豆六、小さいのが伝助だ。

「へい、お呼びで」

豆六が返事をしながら伝助を従えやって来た。

「お勝がな、妙な連中にかどわかされようとしているんだ」

銀次の言葉に豆六も伝助も驚きの顔をしたが、それ以上にお勝が、

「ちょいと、まだ、そうと決まったわけじゃないでしょ」

「そうよ、まったく早とちりなんだから」

お藤も呆れたように首を横に振った。

「そうだ、まだなんだが、近々の内にかどわかされそうなんだ」

銀次の妙な物言いに豆六と伝助はぽかんとした。銀次はお勝とお藤から聞いたこ
こ何日かの怪しげな連中のことを語った。豆六と伝助はうなずき合いながらお勝の身
の周りに気を配ると返事をした。

次いで、今後いかに対処するか話し合おうとしたが、

「ごめんなさいよ」

という声に遮られた。

初老の男が暖簾を潜って来た。値の張りそうな紬《つむぎ》の着物に羽織を身に着けている。

二

「おや、こら旦那」

銀次は軽く頭を下げた。豆六と伝助も腰を折り、お藤とお勝は頭を下げると調理場に入って行った。初老の男は一富士の家主井桁屋藤兵衛《いげたやとうべい》だ。同じ町内で炭問屋を営んでいる。銀次は藤兵衛を小机に導き、

「旦那にお茶だ。それから、昨日おれが買って来た羊羹《ようかん》もな」

豆六と伝助に言いつけた。二人はそそくさと奥に引っ込んだ。藤兵衛は腰掛け代わりの酒樽に腰を下ろしながら、

「なんか、お取り込み中だったんじゃないか」

と、いかにも好々爺然《こうこうや》とした顔を向けてきた。

「別に大したことありませんや」

銀次は大きくかぶりを振った。

「なら、いいんだが、今日来たのはね、他でもないんだよ」

藤兵衛は笑みを浮かべた。銀次は恐縮するように居ずまいを正し、

「家賃ですか、申し訳ありません。お藤にはちゃんと言ってるんですがね、まったくしょうがない奴で。おい、お藤、おまえ」

と、早とちりをしてべらべらとしゃべり出したものだから、

「いや、違う、違うよ、親分」

藤兵衛は激しく右手を振って否定した。銀次は、「違いますか」ときょとんとなり、お藤がお盆に茶と羊羹を乗せて持って来た。

「まったく、あんたって人は本当に人の話を聞かないんだから」

藤兵衛は温和な笑みをたたえたまま、

「家賃は滞ってなんかいない。女将さんは毎月きちんと納めてくださってるよ」

「そうですかい。あっしゃ、てっきり」

銀次は頭を掻いた。

「今日来たのは他でもないんだよ。実はね、お勝ちゃんに縁談を持って来たんだ」

藤兵衛は言うと銀次は目を白黒させ、お藤は、「まあ」と口を開けた。藤兵衛はにっこりうなずくと、茶を啜《すす》った。

「へえ、そうですかい」

銀次も茶を飲もうとしたが、あわてて口に運んだものだから、「あちちち」と顔を

しかめ、「あいつももう二十五だもんな」とつぶやいた。藤兵衛は気にすることもなく、

「相手は浅草並木町の履物問屋砧屋の一人息子で卯之吉さんとおっしゃる」

「ほう、お店の跡取り息子」

銀次は、満面に笑みを浮かべ、「めでたい」を連発した。目尻が下がり、たれ目が一層際立った。お藤は、

「まだ、縁談が決まったわけじゃないわよ」

と、銀次の早合点を諫《いさ》めはしたが、その顔は銀次同様に笑みで満ちていた。銀次は調理場を振り返り、

「おい、お勝、ちょっと来な」

と、大声を放った。お藤は調理場に引っ込み、お勝が代わりに出て来た。藤兵衛に頭を下げ、銀次を見る。

「まあ、座れ」

銀次は横の酒樽を指差した。お勝は怪訝《けげん》な顔を浮かべながらも言われるままに座った。

「藤兵衛の旦那がな、おめえに、縁談を持ってきてくだすったんだぞ」

「縁談……。わたしに」

お勝は小首を傾げた。

「そうよ、縁談よ。相手はな、浅草の履物問屋砧屋さんといって名の知れた大店なんだぞ」

銀次は言ったものの、砧屋のことを知らないことに気づき、「そうですよね」と藤兵衛に確認を求めた。藤兵衛はうなずくと、

「今の御主人辰吉さんで五代目だ。お大名やお旗本のお屋敷にも出入りしているそれは立派なお店だよ」

お勝にやさしい笑みを投げかけた。お勝はまだ小首を傾げている。

「それみろ、てえした大店じゃねえか」

銀次は自分のことのように喜びを表した。

「でも、そんな大店のお坊っちゃんと……」

お勝は砧屋の大店ぶりを聞くと不安そうに顔をくもらせた。

「おい、そんな気の弱いことでどうする。おめえ、大店の嫁だぞ。何十人もの奉公人たちから女将さんってあがめられるんだ。きれいな着物が着られるし、うまい物だって腹一杯食べられるんだぞ。芝居見物も思いのままよ」

銀次はすっかり浮かれ気分だ。お勝はそんな銀次を横目に、

「でも、どうしてわたしなんかを」

藤兵衛は温厚な笑みを浮かべたまま口を開こうとしたが、

「きっと、あれじゃねえか。この銀次の名岡っ引ぶりが浅草にまで名が知れ渡ったってことじゃないのか、なんてな」

浮かれ調子の銀次が横から口を挟んだ。お勝は無視して、

「どうしてなのです」

と再び問いかけた。藤兵衛は、

「親分の名声は江戸中に轟き渡っているだろうが、今回の縁談はね、砧屋さんがわたしの所に直々に足を運んで下さったんだよ。なんでも、卯之吉さんがお勝ちゃんに一目惚れしたって」

卯之吉が浅草寺に参詣した折、お勝を見初めたのだという。お勝は頰を赤らめた。

すると、銀次は顔を輝かせ、

「そうか、わかったぞ」

と、両手を打った。藤兵衛がいぶかしげな顔をすると、

「いえね、この三日ばかりね、こいつのことをつけ回している連中がいるんですよ。

てっきり、かどわかしを企てている怪しげな連中だとばっかり思っていたんですが、きっとその連中、砧屋さんから頼まれたんじゃないですかね。つまり、若旦那の惚れた女の素性や評判をたしかめろってことだったんでしょう」

銀次は捲くし立てた。藤兵衛は納得したように、

「なるほど、そんなことがあったのか」

「そういうことだったんだね」

お藤が茶の替わりを持って来た。

「これで、すっきりした。いや、すっきりしたどころか、こんなめでてえことはねえ」

銀次は、「めでてえ」を連発した。

「良かったじゃない」

お藤も顔が綻《ほころ》んだ。お勝の赤らんだ顔には笑窪が浮かんでいるものの、

「でも、わたし、そんな大店の若旦那と」

と、突然舞い込んだ良縁に戸惑っているようだ。藤兵衛は気づかうように、

「それで、近々、見合いをすることになった。その席で、卯之吉さんと色々と話をすればいいよ」

「そうだよ、見合いだ。気張れよ」

銀次はお勝の肩を叩いた。お勝はこくりとうなずいた。

「お勝さん、お見合いなんですか」

豆六が横にすっと寄って来た。

「ああ、やっとこいつも片付きそうだよ」

「兄さんたら。いつもの早合点はよしてよね」

お勝は眉根を寄せたものの満更でもなさそうなのは、すぐに頬が綻んだことで明らかだ。

「うまくいくといいですね」

豆六はなぜか元気のない声を出した。

三

それから三日後、お勝の見合いの日がやってきた。

場所は柳橋の高級料理屋吉林《きちりん》だという。そんな晴れやかな日にもかかわらず、一富士では朝から銀次とお勝の間で賑やかな喧嘩が起きていた。

「だから、おれに任せておけばいいんだよ」

銀次は黒紋付の羽織に仙台平の袴《はかま》、白足袋を履き、髪結い床で念入りに月代《さかやき》と髭《ひげ》を剃《そ》ってもらっていた。

「なにも、兄さんがついて来てくれることないのよ」

お勝は桃色地に梅の花をあしらった振袖、勝山髷《まげ》を銀の花簪《はなかんざし》で飾り、念入りに化粧をしていた。その化粧が落ちんばかりに頰を膨らませている。

「馬鹿、おれが付き添わないで誰が付き添うんだよ」

銀次は目を剝《む》いた。

「ちょっと、やめなさいよ、二人とも」

お藤が間に入った。

「でも、兄さんが」

お勝は不満が去らず、頰を膨らませたままだ。

「おれに任せればいいんだよ」

お藤も、

「そうよ、お勝ちゃん、ここは血の繫がった兄さんが付き添うのが筋よ」

「義姉さんに付き添って欲しいのよ」

お勝はお藤を見た。

「わたしは」

お藤が口を開こうとしたが、

「だから、実の兄貴を差し置いてなんでこいつが付き添うんだって言ってるんだよ」

銀次が口を挟むと、

「だから、兄さんじゃ心もとないのよ」

そこへ豆六がやって来て、

「親分、お迎えですよ」

と、店先に二丁の駕籠《かご》がやって来たことを告げた。銀次は、

「さすがは、砧屋さんだ、手回しがいいや」

するとお藤も、

「さあ、お勝ちゃん。機嫌直して。いつまでも剝《むく》れてたら、せっかくの身支度が台無しよ」

励ますように微笑みかけた。お勝はうなずくと、

「わかった。じゃあ、義姉さん、行ってくるわ」

ようやく笑みを浮かべた。

「おきれいですよ」

豆六は励ますように言った。お勝は、「ありがとう」と頬を赤らめた。

「ま、大船に乗ったつもりで任せな」

　銀次は意気揚々と駕籠に乗り込んだ。


　吉林の二階に銀次とお勝がやって来た。

　既に、藤兵衛が待ち構え砧屋辰吉と卯之吉と思しき男が座っている。さすがに高級料理屋だ。畳は青々とし、青磁の香炉から上品な香りが立ち上っていた。床の間を飾る掛け軸、壺も唐渡りの逸品に見える。足を踏み入れるのが遠慮されるほどの十畳間には部屋にふさわしい食膳がしつらえてあった。

「これは、お待たせしました」

　銀次はその場のおごそかな空気に呑まれたように声を上ずらせた。お勝はうつむいている。

「まあ、こっちへ」

　藤兵衛に言われ銀次はお勝と共に食膳の前の座布団に座った。勝気なお勝もさすがに気おくれしているのか目を伏せたままである。

「ま、なんだ。今日は日和も良いようだし」

藤兵衛が場の空気を和らげようと窓から庭を見やった。よく手入れされた枝ぶりの見事な松が望める。澄み切った空気が吹き込み、不如帰《ほととぎす》の鳴き声がやわらかに響いていた。

「ま、縁あってこういう席になったんだ」

藤兵衛はまず砧屋を紹介した。辰吉も卯之吉も黒紋付に袴という格好である。辰吉は痩せてはいるが艶《つや》の良い顔をした歳の頃四十路の半ば、いかにも大店の主といった風格を漂わせていた。卯之吉の方は、ぽっちゃりとしたその名の通り兎のように色の白い男で、頬が赤らんでいる。歳はお勝と同じくらいの二十路《ふたそじ》半ばだろう。小さな目を緊張のためか伏し目がちにさせ落ち着きなく、きょろきょろとさせている。

「次に、こちらは」

藤兵衛は銀次とお勝を紹介した。藤兵衛から十手持ちの親分だと紹介され、

「ほう、親分さんでしたか」

辰吉はまじまじと銀次を見た。卯之吉も小さな目をくりくりと動かし銀次を見つめた。

「ええ、まあ、北の同心、牛久保京乃進さまから十手を預かっています」

銀次は丁寧に頭を下げた。

「では、酒や料理を食べながら色々と話などしますかな」

藤兵衛は緊張を解《ほぐ》そうと銀次に酒を勧めた。銀次は杯を取ろうと膳に目を向けた。鯛の塩焼き、海老の天麩羅《てんぷら》、湯葉味噌、鮑《あわび》などが並んでいる。

「いやあ、こら、すごいご馳走ですね。あっしの家も縄暖簾をやっているんですが、こんなすごい料理なんて、とても出せません」

興奮気味の銀次の羽織の袖をお勝はそっと引っ張った。銀次ははっとして背筋を伸ばし、

「まあ、どうぞ」

蒔絵《まきえ》が施された銚子を辰吉に向けた。辰吉は遠慮がちに杯を出し、

「まったく、こいつときたら意気地のない男で」

辰吉は卯之吉を見やった。

「どうしたんです」

銀次が聞いた。

「こいつ、浅草の観音さんでお妹さんを見初めたんですがね、自分じゃ言い出せないもんだから」

辰吉は苦笑を漏らした。

「そうですか、それは、それは畏れ入ります」

銀次はどう返していいか言葉が浮かばず曖昧《あいまい》に口ごもった。そんな銀次と打ち解けようとしているのか、辰吉はさかんに酒を勧めた。銀次は勧められるまま杯を重ねている内に目元に赤みが差し、口調が滑らかになる。

「それにしても、若旦那もなんでこんな奴に惚れたんです」

銀次の呂律が怪しくなった。お勝は顔をしかめた。顔に赤みが差しているが酒に酔っているわけではない。それが証拠に杯に口もつけていないし、料理に箸もつけていなかった。銀次の無礼な物言いに腹立ちと恥ずかしさを覚えているのだ。

一方、卯之吉も黙り込んだままだ。時折、厠《かわや》へ行くのか部屋を出たり入ったりしている。

「ねえ、若旦那。どうしたんですよ。そんなつん黙っちゃって」

銀次は銚子を持って立ち上がり卯之吉の横に座った。お勝ははらはらしながら注意の言葉を発しようとしたが、気恥ずかしさと緊張で口の中はからからに渇き舌が動かない。

「ねえ、若旦那、なんとか言ってくださいよ」

銀次は銚子を向けた。卯之吉は困ったような顔で黙り込んでいる。藤兵衛が、

「まあ、親分」

諫《いさ》めようとし、辰吉も、

「すみません、親分さん。倅《せがれ》は下戸なもんで、勘弁してやってください」

軽く頭を下げた。銀次は呂律の廻らない口調で、

「なんだ、下戸ですか。あっしの弟になろうって男が下戸。面白くないね」

舌打ちまでした。辰吉が気づかうように、

「親分さん、代わりにわたしが」

と、杯を差し出した。銀次は顔をしかめ、

「なんだ、酒も親任せか。駄目ですよ、そんなことじゃ。若旦那」

と、声を上げた。お勝は顔を上げ、

「兄さん、いい加減にしなさいよ」

と、溜まりに溜まった鬱憤の声を浴びせた。銀次は酔眼をお勝に向け、

「おまえだって、さっきからつん黙りやがって。おめえの代わりに兄ちゃん、気遣ってるんじゃねえか」

「やめて、失礼でしょ」

お勝は憮然と返した。藤兵衛が、

「まあ、親分」

と、間に入った。銀次は口をつぐみ、身をしゃきっとさせると、

「砧屋さん、こんな妹ですけどよろしくお願いします。器量はあたしに似て良くはないが、気立ての良いしっかりものですから」

と、辰吉に呂律の廻らない口調で言うと畳に両手をついた。辰吉は苦笑を浮かべながらも、

「まあ、本人の気持ちもありますし」

と、無難に返した。銀次は次に、

「では、若旦那。よろしく頼みますよ。あんた、妹を不幸せにしたら承知しませんからね。お縄にしますからね、なんてね」

と、卯之吉の肩に手を置いた。卯之吉は返事を返さず横を向いた。

「お勝、良かったな」

銀次は言うと、ごろんと仰向けになった。すぐに高いびきをかいた。お勝はいたたまれない顔でうつむいた。

四

夕暮れになり、

「おう、今けえったぞ」

銀次はお勝と藤兵衛に両肩を抱かれるようにして一富士の暖簾を潜った。

「お帰りなさい」

お藤が調理場から顔を出した。既に店は開けられ数人の客がいる。豆六と伝助が黒地木綿の小袖を襷《たすき》掛《が》けにして料理や酒を運んでいた。

「おお、うまくいったぜ」

銀次は小机の前に置いてある酒樽に崩れるように腰を下ろした。

「よかったですね」

伝助が愛想を言ったが、お勝は口をとがらせそっぽを向いている。

「じゃあ、わたしはこれで」

藤兵衛はまるで逃げるようにして帰って行った。

「まあ、ちょいと、飲み過ぎじゃないか」

お藤がやって来てお勝に言った。

「しょうがないったら、ないよ」

お勝は横を向いたままだ。

「どうしたの」

お藤はお勝の表情に心配の目を向けた。

「お見合い、駄目よ」

お勝はつぶやいた。心持ち悲しげな顔だ。

「今日はもう休んだら。お店はわたしと豆さん、伝さんでやり繰りするから」

お藤は言ったが、

「いいわ、大丈夫」

お勝は気丈に返した。

「無理することないよ」

「ほんとに、大丈夫だったら」

お勝は無理に笑顔を作った。

「良かったな。お勝はこれで大店の嫁さんだ。ま、あの若旦那、ちょっと頼りないけど、おめえがしっかりしてりゃ大丈夫だよ」

銀次は真っ赤に火照った顔を上げた。

「この酔っ払い」

お勝は声を荒らげ、そのまま店を横切ると階段を足音も高らかに昇って行った。

「なんだ、あいつ」

銀次は顔をしかめるとお藤に酒を持って来るよう言つけた。

「もう、酔っ払っているじゃない。よしなさいよ」

お藤は心配そうに階段を見上げた。

「馬鹿、めでてえんだ」

銀次は尚も酒を求めたがやがて小机に突っ伏した。

「大丈夫ですか」

豆六は銀次の背中をさすりながら心配そうな視線で階段を見上げた。

翌朝、

「あ～あ、頭が痛えや」

銀次は小机から上半身を起こした。

「お早うございます」

伝助の言葉が頭にがんがん響く。

「まったくだらしないんだから」

お藤に言われ、皺だらけの羽織に目をやった。

「しょうがないだろ。昨日はめでたい場だったんだから、つい、飲みすぎたんだよ」

銀次は伝助に水を持って来るよう言いつけた。

「ほんとに、うまくいったの」

お藤は昨日のお勝の顔を思い浮かべた。

「ああ、おれが付き添いで行ったんだ。うまくいったに決まっているさ」

銀次が言った時、

「なに言ってるのよ」

お勝が階段を降りて来た。

「なんだよ、そのふくれっ面は」

銀次は顔を歪めた。

「自分の胸に聞いてみなさいよ」

お勝はぷいと横を向いて調理場に向かった。銀次はいぶかしげに首をひねった。

五

その日の昼下がり店が落ち着いたところで藤兵衛がやって来た。

「親分、昨日はご苦労さん」

藤兵衛はいつも通りの好々爺然とした顔だ。

「いや、旦那こそ、ありがとうございました」

銀次は小机で藤兵衛と向かい合った。

「実はね、先ほど砧屋さんから使いが来たんだ」

藤兵衛は銀次から視線をそらした。

「馬鹿に気が早いですね。こら、よっぽど、お勝に惚れているんだな。あの若旦那」

銀次は笑みをこぼした。すると、藤兵衛は言い辛そうに顔をくもらせ、

「それがね、親分。砧屋さんは縁談を断ってきたんだよ」

銀次は口をあんぐりとさせ、

「ええ……。なんですって」

「だから、断りを入れてきたんだ」

藤兵衛は今度ははっきりと銀次を見据えて言った。

「そんな馬鹿な……」

銀次は口をつぐんで腕組みをした。そこへお勝が茶を持って来た。藤兵衛は気まずそうな顔で目をそらした。銀次は目を大きく見開き、

「うちのお勝のどこが悪いんだ」

と、血相を変えた。藤兵衛は困った顔をしたが、

「兄さんのせいよ」

お勝に言われ銀次ははっとした。

「おれのせい……。どうしてだよ」

「兄さん、わかってないの」

お勝に詰め寄られ、

「おれがなにをしたって言うんだよ」

銀次はたれ目を釣り上げた。

「まあ、まあ」

藤兵衛が間に入った。お勝の目に見る見る涙が溜まった。と、くるりと背を向け調理場に駆け込んで行った。入れ替わりに豆六がやって来た。

「どうしたんです、お勝さん、目を腫らしてましたよ」

豆六は銀次と藤兵衛の顔を交互に見やった。銀次はうつむいた。藤兵衛はそそくさと、

「では、親分。今日はこれで」

と、出て行った。

「お勝さん、大丈夫ですか」

豆六の問いかけに銀次は顔をしかめ、

「見合いの時、ちょっと、飲み過ぎたかな」

と、ぽつりと漏らした。お藤は藤兵衛の様子を見て縁談が駄目だったことを察した。

銀次はお藤に、

「お勝の奴を頼む」

寂しそうに言うと、階段を登った。

六

翌日、銀次は御成り街道を雷門に向かって歩いていた。見合いの場の自分の言動

により、お勝のせっかくの縁談をぶち壊してしまった。元々、卯之吉はお勝に一目惚れして縁談を持ちかけられたのだ。

そうであれば、自分が謝りさえすれば縁談は成就するのではないか。

「よし、お勝、任せな」

銀次は心の内で言い、足早に並木町に向かった。


砧屋は御成り街道の往来に面した間口十間はあろうかという大店だった。紺地に白字で砧屋の屋号と商標が染め抜かれた暖簾が春風にたなびいていた。店先には大勢の客たちが草履や雪駄、下駄を物色している。

銀次は暖簾を潜った。土間を隔てて二十畳ばかりの畳の間が広がり、帳場机がいくつか並んでいた。奥まった所にある机に辰吉が座っている。卯之吉の姿はない。銀次は丁稚《でっち》を捉まえようとしたが、辰吉がおやっとした顔を銀次に向けてきた。銀次は軽く頭を下げた。

辰吉はひょこっと頭を下げたと思うと、銀次の方に歩いて来て、

「これは、親分。わざわざのお越し畏れ入ります」

「いやあ、お忙しいところこっちこそ」

銀次はなんとなくばつが悪そうな顔をした。

「こんなところではなんでございますから、どうぞ」

辰吉は銀次を伴い通り土間を奥へと向かった。店を突っ切り、裏庭にある母屋に入ると、玄関を上がり奥の客間に導かれた。

「いやあ、このたびは、あっしがみっともねえ真似しちゃいまして」

銀次は頭を掻いた。

「いえ、こちらこそ」

辰吉はおずおずと首をすくめた。

「今日、まいりましたのは他でもねえ、縁談を考え直していただくわけにはいけませんかね」

銀次は頭を下げた。

「はあ、それは」

辰吉は顔をくもらせた。

「今更、わたしがこんなこと、言えたもんじゃねえってことはよくわかっております。ですが、わたしの無作法はこの通りお詫び申し上げます」

銀次は畳に両手をつき深々と頭を垂れた。辰吉は困った顔をして、

「や、やめてください」

あわてて制した。しかし、銀次はやめようとしない。そこへ女中が茶を運んで来たのでやっと銀次は、

「すんません」

と、顔を上げた。

「まあ、親分さん」

辰吉は茶を勧める。銀次は茶を一口啜ったものの、

「ねえ、旦那。お勝に罪はないんですよ」

すがるような目を向けた。

「ええ、お勝さんは本当に良い娘さんとお見受けしましたよ。手前どもの倅には勿体ないくらいの娘さんだ」

辰吉は目元を緩め銀次を見た。

「そうでしょ、実際、いい娘なんです。いや、兄貴のあたしの口から言うのもなんですが、勝気なところが玉に瑕《きず》なんですがね、あれで、中々しっかりとしているんですよ。きっと、良い女房になるって思うんですがね」

「そうでしょうとも」

辰吉もうなずく。

「それなら、どうか」

銀次は再び頭を垂れた。

「いや、でも、一旦、断りを入れてしまったんだから」

辰吉は居心地が悪そうに尻をむずむずと動かした。

「そんなことならどうかお気になさらず、なんでしたら、この足で藤兵衛さんの所へ行ってわけを話してきましょうか」

銀次は気がせき早くも腰を浮かした。

「いや、そんなことは」

辰吉はかぶりを振った。

「ねえ、もう一度考え直してくださいよ。あっしゃ、お勝の顔を見るのが不憫《ふびん》で、とても見てられねえんです。あっしのせいで、縁談が駄目になったなんて、あっしゃ、本当になんて言ったらいいか」

「お気持ちはわかりますが、手前どもと致しましても、一旦、断りを入れてしまった縁談をやっぱり考え直しました、なんて失礼なことを」

辰吉は奥歯に物の挟まった物言いである。銀次はつい、

「だから、かまわねえって」

　と、つい言葉を荒らげてしまった。辰吉が首をすくめたので、

「こら、すいません。つい、かっとなってしまって。あたしのこんなところがいけないんですね。どうもすみません」

「いや、妹さん思いの良いお兄さんだ」

　辰吉は笑みを浮かべた。

「ちっとも、良い兄貴じゃありませんよ。家じゃ、喧嘩ばっかりです。わたしと妹は両親を早く亡くしましたんでね、わたしが男手一つで育てましたもんで、ついがさつに育ててしまいまして。それで、嫁に行くのがすっかり遅くなっちまって」

　銀次は気恥ずかしそうに頭を掻いた。そんな銀次を辰吉は微笑みを浮かべながら眺めていたが、

「本当に申し訳ございません」

　と、丁寧に頭を下げた。銀次は尚も言葉を続けようとしたが、さすがにそれ以上に言葉を重ねることは憚《はばか》られ、

「わかりました。今日はお邪魔しました」

　と、腰を上げた。

「まったく、馬鹿な倅のために親分には二度も足を運ばせてしまって本当に申し訳ございません」

「いや、あたしの方こそ、お忙しい旦那を前触れもなく押しかけてしまいまして」

銀次はぺこぺこと頭を下げた。

「お勝さんに好い婿さんがくることを祈っております」

辰吉は仏のような笑顔になった。

「若旦那にも」

銀次は頭を下げ、砧屋を後にした。

七

銀次は店から出ると、往来で卯之吉の姿を見かけた。卯之吉は白薩摩の着物に茶献上の帯を締め、盛り場で遊んで来たといった風だ。横に頭を丸め、派手な小紋の着物に色違いの羽織、白足袋に雪駄履きと見るからに幇間《ほうかん》といった男を従えていた。

銀次は卯之吉の前に立った。卯之吉は幇間とべちゃくちゃと話していたが目の前に現れた銀次に気づき、

「ああ、あんた」

と、口をあんぐりとさせた。

「そうですよ、若旦那」

銀次は微笑みかけた。卯之吉は幇間に目配せした。幇間はそそくさとその場を立ち去った。

「昨日はどうも」

曖昧な笑みを浮かべた。

「今、旦那に会ってきたところです」

銀次は言った。

「親父に……。親分さんが、一体、どんなご用向きで」

卯之吉のすっとぼけた物言いに銀次はむっとしたが、ぐっと怒りを飲み込むと、

「どんな用向きもなにもねえもんですよ。縁談ですよ」

卯之吉は目をそらし、

「ああ、見合いですか」

そのそっけない物言いに銀次はかちんときたが、

「そうですよ」

「でも、あれは親父が断りを入れたはずですが」

卯之吉は涼しい顔である。

「でね、あれはあたしが悪いんだと、謝りに来たってわけなんで」

銀次は精一杯の愛想笑いを浮かべた。すると、店から手代が出て来て、

「若旦那、旦那さまがさっきからお探しでございますよ」

「わかったよ」

卯之吉は顔をしかめ手代に言葉を投げた。

「それじゃ、親分さん、これで」

卯之吉はくるりと背を向けた。取りつくしまもない態度である。

「ふん、いけ好かねえ野郎だ」

銀次は悪態をつくと家に向かった。

一富士に着いたところで、

「お勝」

と、いつもの横柄な言い方ではなく努めてやさしく言葉をかけた。お勝が調理場から顔を出した。銀次は小机に座って前に座るよう目配せをした。お勝は見合いの席

のことを根に持っているのだろう。頰を膨らませながら腰を下ろすとぷいと横を向いた。

「おい、そんな膨れっ面するなよ」

銀次は土産だと人形焼を小机に置いた。お勝は鼻を鳴らしただけで銀次のほうを向こうともしない。銀次は笑みを浮かべたまま、

「実はな、今日、砧屋さんへ行ってきたんだ」

たちまちお勝の顔が歪み、

「どうしてそんなことするのよ」

と、気色ばんだ。銀次は宥《なだ》めるように、

「おれだって責任を感じたんだよ」

「よくそんなこと言えるわね」

お勝の気色ばんだ様子にお藤が調理場から顔を覗かせた。銀次はそれを目で制した。お藤はうなずきながらも心配そうな顔を向けてくる。

「すまなかった。今回の見合いはみんなおれのせいで駄目になったんだ。おめえとは関係がない。だからな、おれが詫びを入れることで砧屋の旦那に考え直してもらおうと思ったってことさ」

「それで、どうだったの」

お勝は声を落ち着かせた。目に期待の色が籠っている。

「旦那に詫びた。もう一度考え直してくださいってな」

銀次は辰吉と会った時の様子を語った。たちまち、お勝の目は失望の色でくすんだ。

「駄目だったんじゃないのさ」

お勝が小声で漏らすと、

「そうでもねえぞ」

銀次は思わせぶりにニヤリとした。

「なによ、その笑い」

お勝は言いながらも望みを抱いたことは目が明るくなったことでわかった。

「ようは、今回の縁談は若旦那の卯之吉がおめえに一目惚れしたことに始まるんだ。それなのに、おれが見合いの席で醜態を演じてぶち壊した。だからな、卯之吉の気持ちがおめえにある以上、この縁談が終わったわけじゃないってことだよ」

「どういうことよ」

「おれに任せな」

「それが心配なんじゃないの。兄さん、何をしでかそうって言うの」

お勝の目の希望の光がかすんだ。

「だから、おめえの気持ちが大事なんだ」

「わたしの」

お勝は自分の顔を指差した。

「ああ、おめえの気持ちだ。おめえ、卯之吉をどう思う」

銀次はずばり問いかけた。

「どうって、一度会っただけだし、口もきいちゃいないし」

お勝は恥らうように目を伏せた。

「一度、会えば十分だ。現に卯之吉は浅草の観音さんでおめえを見かけ、寝ても覚めてもの恋煩いになったんだからな」

銀次は自分の胸に両手を当て身をよじらせ恋煩いを演じた。

「なにやってるのよ」

お勝は苦笑を漏らした。

「だからな、どうなんだよ」

銀次はまじめな顔をした。お勝は頬を赤らめうつむいていたが、やがてこくりとうなずいた。

「よし、わかった」

銀次は胸を叩いた。

「どうするの」

「おれが卯之吉におめえの気持ちを伝え、相思相愛の二人を認めてやって欲しいと旦那に頼み込むさ」

銀次は晴れやかな顔になった。お勝はお藤を見た。二人は顔を見合わせ、不安を滲ませた。

八

その日の夕刻、銀次は一富士の小机で豆六と飲んでいた。店は半分ほど客が入り、伝助は店の手伝いに忙殺されている。銀次と豆六は燗酒と湯豆腐、めざしを肴に酒を酌み交わした。

豆六は黙って箸で湯豆腐をつついていたが、

「それは、そうと、砧屋の若旦那なんですがね」

銀次は顔を上げた。

「どうした」

「いやあ、余計なことかもしれませんがあまり良くない評判を耳にしたんですよ」

豆六は言ってからちらりと調理場のお勝に心配そうな目を向けた。

「どうしたんだよ」

銀次は前に乗り出した。

「大変な遊び人だって。下戸なのにちょくちょく、料理屋に幇間や芸者を呼んでどんちゃん騒ぎをしているそうです」

「馬鹿旦那だな」

銀次は幇間を連れていた卯之吉のことを思い出した。お勝もとんだ男に惚れられたもんだ。

「あんな男、お勝さんが嫁入りして大丈夫なのですかね」

豆六の心配そうな顔を銀次はぼんやりと見つめた。

「ま、お勝が嫁になりゃしっかりするんじゃねえか」

「そうですかね、お勝さん、苦労するんじゃないですかね」

豆六はしんみりした。銀次は豆六の気づかいに感謝しようと徳利を差し出した。すると暖簾が捲くれ、

「あの、こちら、三好町の親分のお宅でしょうか」

と、若い男が入って来た。

「ああ、おれが三好町の銀次だ」

銀次は男に向き直った。

「さようでございますか。手前、柳橋の料理屋吉林の主で吉右衛門《きちえもん》と申します」

吉右衛門は歳の頃、二十路半ばのしっかりとした物言いをする若者である。縞柄の着物に羽織を身に着け、月代と髭を丁寧に剃り上げていた。銀次は高級料理屋の亭主がこんな若い男だったのかとしばらく吉右衛門の顔をまじまじと見つめた。それから、

「まあ、どうぞ」

小机に導いた。豆六は立ち上がり吉右衛門に席を譲った。吉右衛門はきびきびした所作で腰を下ろした。

「昨日はご利用くださいまして、まことにありがとうございます」

「いやあ、あれ、みんな砧屋さんが払ってくださったんだ」

「砧屋さんはしばしばご贔屓《ひいき》にしていただいております。それで、ご主人の辰助さんから親分のことをお聞きしまして」

「そうですかい。それは、それは……。で、どういったご用向きですか」

「くれぐれもご内聞に願いたいのですが」

吉右衛門は居ずまいを正した。

「他言するようなことはござんせんよ」

銀次は思わず身構えた。

「手前どもで収蔵しております掛け軸が盗まれたのでございます」

吉右衛門は声を潜めた。

「掛け軸、ほう、それは、値の張るものなのですか」

「弘法大師さま直筆の書でございます。公方さまに手前どもの料理人が料理を献上申し上げた際に下賜されました由緒ある掛け軸でございます」

「ほう、そら、大したもんだ」

銀次は感心したように何度もうなずいた。

「その掛け軸が盗まれたのでございます」

吉右衛門は事の重大さがこみ上げてきたのか怯えた顔になった。

「で、盗まれた時の事を詳しく話してください」

銀次が促すと、

「昨日の昼、二階の鶴の間でございました」

「鶴の間というのはどこにあるのです？」

「親分たちがお食事をなさった松の間の向かいでございます」

「ふ～ん、そうですか。あの部屋、松の間っていうんですか。そう言えば、窓からご立派な松が見えていましたよ」

銀次は思い出すように腕を組んだ。

「昼の内に盗まれたのです」

「鶴の間を使っていたのは誰なんです」

「いいえ、昨日はどなたも使ってはいませんでした」

「じゃあ、二階にはおれたちの他に客は？」

「昨日の昼間はどなたもいらっしゃいませんでした」

吉右衛門ははっきりと言った。

「盗まれたのはどうしてわかったんですか」

「夕方になり、親分方がお帰りになられてから女中が鶴の間に入ったところ、掛け軸が見当たりません。それで、大騒ぎとなったのです。なにしろ、公方さまより下賜された大事な掛け軸、盗まれたなどとお奉行所へ訴え出ることもできず、こうして、親分さんにおすがりに参った次第なのでございます」

吉右衛門は懐から袱紗《ふくさ》包みを取り出した。

「おおっと、銭ならいりませんよ」

銀次は右手を横に振ったが、

「いえ、お金ではございません。手前どもで召し上がっていただける料理の切手でございます」

吉右衛門は数枚の書付を差し出した。昨日のご馳走が脳裏を過《よぎ》った。

「そうですか、まあ」

と、受け取った。それから、

「ともかく、店に行きましょうか」

銀次は腰を上げた。くれぐれもご内聞にと念を押す吉右衛門の要請に従い、豆六と伝助は一富士に残すことにした。

九

銀次は吉右衛門に連れられ、吉林にやって来た。一階の控えの間に奉公人たちが

集まっていた。が、銀次は、

「その前に、鶴の間を見させてください」

と、吉右衛門を促し階段を登った。吉林ではまだ一階にも二階にも客を入れていなかった。階段を登ってすぐ右手の部屋がお勝の見合いをした松の間だった。その松の間と廊下を隔てて向かいが鶴の間である。

「さてと」

銀次は久しぶりの事件とあって不謹慎とは思いつつも心を浮き立たせ、襖《ふすま》を開けた。

「おお、中々のもんだな」

銀次は感嘆の声を漏らした。

鶴の間は松の間以上に豪華な十五畳の座敷だった。青々とした畳が敷かれ襖に金地が押され、その名の由来である鶴が羽を休めたり、雲の間を飛ぶ姿が鮮やかに描かれている。熟練した匠の技巧を伺わせる欄間、違い棚が設けられた床の間には唐渡りと思われる青磁の壺が飾られていた。そして、

「なるほど、ここに掛け軸があったんですね」

銀次は床の間の塗り壁を見やった。

「その通りでございます」

吉右衛門は名残惜しそうな顔をした。

「心配でしょうね」

銀次は掛け軸のなくなった壁を手でさすった。次いで、窓の障子を開け放った。すぐ下に大きな池があった。水面が日の光を受け、白々とした輝きを放っている。透き通った水を通して鯉の群れが優雅に泳いでいた。

周囲には庭石が配置され、梅の木が紅と白の花を咲かせていた。どこからか鶯《うぐいす》の鳴き声が聞こえてくる。心和む風景だ。池の向こうに目に鮮やかな芝生が広がっていた。

「こっから、盗人が出入りしたってことは考えられますかね」

銀次は吉右衛門を振り返った。

「それは、まずあり得ないと思います」

吉右衛門が言うには昨日昼、芝生ではさる大名の側室と女中たちがお忍びで野点《のだて》をしていたという。吉林の奉公人たちも大勢、その世話をしていた。掛け軸を盗むために外から鶴の間に出入りしたとしたら目だって仕方ない。

「それは、ごもっともですね」

銀次は納得したようにうなずいた。

「では、奉公人たちの話をお聞きになりますか」

「そうですね」

銀次は吉右衛門と共に一階に下りた。控えの間に入り、

「みんな、こちら、三好町の銀次親分さんだ。偶々《たまたま》、昨日砧屋さんと一緒にうちを利用してくださった」

吉右衛門が言うと、女中が何人か銀次を見てくすりと笑った。おそらく、銀次の醜態を思い出したのだろう。銀次はばつが悪そうに横を向いた。それからおもむろに、

「まず、盗まれた時のことを聞きたいんだが」

銀次が問いかけ、女中たちの証言によりおおよそのことがわかった。

女中が昼九つ（午後零時）、鶴の間を掃除した時はたしかに掛け軸はあったという。それから夕方まで、二階へは松の間に料理を運ぶ他、出入りする者はなかった。それにもかかわらず夕七つ（午後四時）銀次たちが帰ってから、掛け軸が忽然と消えていたという。

「するってえて、その二刻ほどの間に掛け軸は盗まれたことになるんだな」

銀次は顎を搔いた。

「くでえようだが、二階にはおれたち以外、客はいなかったんだな」

銀次が念を押すと、女中たちはこくりとうなずいた。

「だけど、四六時中見張ってたわけじゃねえだろ。盗人の一人くらい、二階に上がって、降りたってわかりゃしないんじゃないのか」

銀次はじろりと奉公人たちを見回した。みんな小首を傾げたり、横を向いたり、隣の者同士で話をしたりした。吉右衛門が両手を打ち、

「ちょっと、ちょっと、静かになさい」

奉公人たちは口を閉じた。銀次がもう一度問い直すと、みな、見知らぬ者が階段を行き来したことはないと口々に申し立てた。

「そうか、となると」

銀次はまだ何者かが出入りしたことという考えを捨てきれない。

「とにかく、よく思い出してくれ」

銀次は懇願口調になった。

「親分さんがせっかく来てくだすってるんだ」

吉右衛門も懇願した。みな押し黙っている。

「旦那、ちょっと」

銀次は吉右衛門を廊下に連れ出した。

「骨董《こっとう》屋を当たってみますよ」

「盗人が骨董屋に持ち込んだとお考えなのですか」

「盗人だって、あれを金にしたいでしょう。金にしなきゃ意味がない」

「それは、そうでしょうが。骨董屋なんぞに持ち込みましたら、足がつくのではないでしょうか」

　吉右衛門の疑念をもっともだと銀次は受け取り、

「すると、まだ手元に持っているか、それとも好事家に持ち込んだかということですか」

「買い手には事かかないでしょうね」

　吉右衛門は言った。

「なるほどな、となると」

　銀次は思案が定まらないように視線を泳がせた。

「こら、おれ一人じゃどうにもなりませんね。子分たちにともかく骨董屋を当たらせるとしますよ」

　銀次は言った。

「お願い申し上げます」

吉右衛門は丁寧に頭を下げた。

「ところで、あの鶴の間どうするつもりなんです」

「どうすると申されますと」

「掛け軸がないままにしておくのですか」

「当分はあの部屋を使う予定がございませんので、あのままにしておきますが。あの掛け軸見たさにやって来るお客さまもおられるのです」

吉右衛門は困ったとこぼした。

「そいつは、厄介ですね」

「ですから、親分さん」

吉右衛門は銀次の着物の袖を摑んだ。

「まあ、任せてください」

銀次は吉林を出た。

銀次は浅草並木町の砧にやって来た。豆六から聞いた卯之吉の評判が気になったが、お勝が卯之吉を気に入っており、もう一度掛け合うと約束した以上話をしないわけにはいかない。自分の不調法でぶち壊してしまったとあっては尚更である。

丁稚に卯之吉の所在をたしかめると店にはいないという。また、どっかへ遊びに出かけたに違いない。

銀次は卯之吉が戻るまで時を潰そうと浅草雷門の仲見世を冷やかした。床店や葦《よし》簾《ず》張りの店が建ち並び、大勢の客が群がっている。なんとなくその群れに身を任せていると、幸いにも人込みの中に卯之吉がいた。横に昨日見かけた幇間を連れている。

「若旦那」

銀次は卯之吉の着物の袂《たもと》を摑んだ。卯之吉は一瞬、目を泳がせたが銀次と気づき、

「ああ、あんたか」

何の表情も浮かべなかった。銀次は、

「若旦那、申し訳ないが、ちょいと話を」

銀次は卯之吉を目配せした。

「なんですか、話なんてないはずだ」

卯之吉は銀次の手を振り払った。

「そんなことおっしゃらないで、ちょいとだけ」

銀次はぺこぺこと頭を下げた。卯之吉は不満そうに顔をしかめながら、

「しょうがないな、ちょっとだけですよ」

帮間に目配せした。帮間は扇子を開いたり閉じたりしながら人の群れの中に紛れ込んだ。

「じゅあ、団子でも食べながら」

卯之吉は言うと銀次を伴い葦簾張りの茶店に入った。葦簾がやわらかな日差しを遮り、銀次と卯之吉の顔に縞模様を形作った。卯之吉が茶と御手洗団子を頼んだ。

十

「なんです、親分」

卯之吉は用件があるなら早く済ませたいといった風だ。

「他でもねえ、お勝のことなんです」

銀次は身を乗り出した。

「お勝さんねえ」

卯之吉は頬を掻いた。

「お勝はあんたの嫁になってもいいって言ってるんですよ」

銀次は単刀直入に言った。卯之吉は一瞬、ぽかんとしたが、

「ええ、そうなんですよ」

銀次はへへへと愛想笑いを浮かべた。

「そりゃ、また」

卯之吉は眉間に皺を刻んだ。

「あんただって、お勝に一目惚れをしなすったんだ。見合いの席であたしが醜態を演じたばっかりに破談となったんじゃあんまりです」

「そういうことを言われましても」

卯之吉は女中が持って来た茶と団子を受け取った。

「ねえ、若旦那、どうなんです」

銀次は団子を渡されたが食べる気が起きず、縁台に置いた。

「でもねえ」

卯之吉は言った。

「あんたさえその気ならわたしは旦那に掛け合いますよ」

銀次はたれ目を釣り上げた。

「親父にねえ……」

「わたしの嫁に」

卯之吉は煮え切らなかった。

「ああ、わたしに任せれば大丈夫ですよ」

「それはどうも」

卯之吉の声には心が感じられない。銀次は黙々と団子を頬張る卯之吉を横目に黙り込んだ。

「ああ、いけない」

突然、卯之吉が素っ頓狂な声を上げた。

「どうしました」

「親分、申し訳ないがここの勘定貸しておいてくれないかい」

「ええ、貸すんじゃなくて出しときますよ」

「そう、それはご馳走さま。近頃、親父、小遣いをくれなくって」

卯之吉は苦笑交じりに団子を頬張った。

銀次から逃れるように卯之吉は去って行った。

銀次の胸にぼんやりとした疑念が湧き上がった。卯之吉のあの態度はなんだ？

自分がお勝とのことを辰吉に掛け合うと請け負ったのだ。元々、この縁談は卯之吉がお勝に一目惚れをしたことに端を発するのだ。

それなのに、あの心が感じられない態度はどうしたんだ。

「卯之吉の野郎」

銀次は巾着から団子代を払って縁台から腰を上げた。

「そうか」

思わず両手を打った。

「卯之吉の奴め」

銀次の脳裏に稲妻のように光が差した。銀次は、一目散に駆け出した。目指すは砧屋である。


この時、銀次は知る由もなかったが葦簾張りの裏に豆六が潜んでいた。悪いとは思ったが卯之吉のことが気になり、つい銀次の後をつけてしまったのだ。銀次が人込みに紛れるのを確かめると豆六は卯之吉の後を追った。

奥山で卯之吉に追いついた。卯之吉は娘と連れ立っている。娘は泣いており、卯之吉は甘い言葉で宥めていた。そのやに下がった顔を見ると豆六の胸に猛然とした怒りが湧き上がった。

「おい、あんた」

豆六は卯之吉と娘の間に割って入った。

「な、なんだ」

卯之吉は口をあんぐりとさせた。娘は小さな悲鳴を上げ、その場を去った。

「おらあ、一富士のお勝さんの知り合いの者だ」

豆六は長身から卯之吉を見下ろすように言った。卯之吉は気圧されるように後ずさりをすると、

「それが、どうしたんだ」

「どうしたもこうしたもねえ。あんた、お勝さんに一目惚れしたんじゃねえか。嫁にもらいたいって、お見合いまでしたんじゃないのか」

豆六が詰め寄ると卯之吉は意外にも大声で笑い出した。呆気に取られる豆六をよそに卯之吉は笑い続ける。

「おい、いい加減しないか」

豆六は卯之吉の肩を叩いた。卯之吉は、

「ああ、腹が痛い」

腹を抱え涙を滲ませたが、豆六から険のある目を向けられ、ようやくのことで表

情を落ち着かせた。

「おい、どうなんだ」

「あれは、おれの思い違いだったんだよ」

卯之吉はまじめな顔をしたと思うと再びぷっと吹き出した。

「なんだと」

豆六は意味がわからず言葉を荒らげた。

「おれが一目惚れしたのはお勝さんじゃなかったんだよ」

「だって、ここにお勝さんがお参りにやって来て、それをおまえは見初めたんだろ」

「だから、おれが見初めたのはもう一人の女の方だったんだ」

卯之吉は舌打ちした。すると、今度は豆六が吹き出した。

「どじな野郎だな。もう一人とはお藤さんじゃないか。銀次親分のおかみさんだぜ」

「そうなんだ。まったく、どじな話だ。見合いでびっくりしたよ。で、すぐに自分の思い違いだったって気づいたんだ」

「それで、縁談を断ったのか」

「そうさ」

「親分は自分の醜態が原因だと考えなすったんだぞ」

「そのようだな。助かったよ、あんなお多福と一緒にならなくすんで」

卯之吉は今度は底意地の悪そうな笑みを浮かべた。豆六の頰に赤みが差した。

「てめえ、よくも、お勝さんを」

「なんだ、おめえ、ひょっとして、あのお多福に惚れてるのか、ま、蓼《たで》食う虫も好き好きだ。好きにやんな」

卯之吉は踵《きびす》を返すと、すたすたと歩き出した。豆六は拳を握り締めた。身体中がわなわなと震えだした。血走った目で卯之吉が先ほどの娘と連れ立って行くのを見送った。

十一

銀次は砧屋に着いた。すぐに暖簾を潜り店に足を踏み入れる。辰吉が銀次に気づき顔をしかめたが、思い直したように作り笑顔を浮かべ、

「これは、また親分さん」

と、歩いて来た。銀次は挨拶は抜きで、

「若旦那、いますか」

「申し訳ございません、あいにくと倅は外に」

辰吉はぺこりと頭を下げた。

「旦那と若旦那に話があるんですよ」

銀次は声を上ずらせた。

「はい、ですが、今申しましたように倅は外に出ておりますので」

辰吉は顔をしかめた。

「じゃあ、待たせてもらいますよ」

「あいにくと、倅は糸が切れた凧《たこ》でして、いつ戻るやらとんと見当がつきません」

辰吉は苦笑を浮かべた。

「若旦那なら浅草の観音さまの近くをうろうろしていましたよ。旦那、大事な話があるんです。店の者を誰か迎えにやってください」

銀次の頑として譲らない態度に辰吉は辟易した様子で、

「親分、昨日、縁談の話ならきちんとお話をしたつもりですがね」

厳しい声を放った。

「縁談の話もそうですが、他にも大事な話があるんですよ」

銀次は断固とした態度である。辰吉は舌打ちして、

「わかりました。その代わり、これきりにしてくださいよ」

と、母屋の客間へと銀次を導いた。

豆六はこのことを銀次に告げるかどうか迷った。告げれば、銀次の口からお勝の耳に入るだろう。そうなったらお勝の気持ちを傷つけてしまう。どうすべきか心を悩ませながら浅草寺の境内を歩いていると、卯之吉がまだ娘とうろうろしている。きっと、甘い言葉で弄《もてあそ》んでいるのだろう。

そう思うと、無性に腹が立った。一発殴らなければ気が治まらない。

「卯之吉！」

豆六は卯之吉を捕まえようと走り出した。憤怒の形相の豆六に卯之吉は身の危険を感じたのか娘に何か言い残すと走り出した。人混みを掻き分け遁走《とんそう》する。豆六は血走った目で追う。だが、卯之吉の逃げ足は速く、いつの間にか見失ってしまった。

だが、

「畜生め」

豆六が臍《ほぞ》を嚙んだ時、卯之吉が五重塔に入って行くのが見えた。豆六も迷わず塔に向かった。

一方、銀次は辰吉と砧屋の客間で対していた。

「親分、これは些少ですが」

紫の袱紗包みを差し出した。

「なんですかい」

銀次はむっとした顔を向けた。

「ですから、今回のお詫びです」

辰吉は袱紗包みを開けた。小判で十両が現れた。銀次のたれ目が釣り上がった。

「つまり、旦那はあたしがお勝の縁談のことで強請《ゆす》りたかりに来たと思っていらっしゃるんですね」

「強請り、たかりだなんて、これはわたしどもの誠意です。手前どもから縁談を持ち込み、一方的に断ったんですからな」

辰吉は悪びれる風もなく言った。

「冗談じゃありませんや。この三好町の銀次を見損なってもらっちゃあ困るよ」

銀次は語気を荒らげた。

「親分、勘弁してくださいよ」

辰吉は声を上ずらせた。

「旦那、わたしがやって来たのはそんなことじゃねえんだ」

銀次は目の前の十両を辰吉の方に押しやった。辰吉は険しい顔をしたが、黙って袱紗包みを懐に仕舞った。

「若旦那は吉林の掛け軸を盗んだんじゃねえかって、あっしゃ、疑っているんですよ」

銀次は鋭い声を発した。

辰吉はぽかんとした顔になった。次いで、妙な顔をしながら、

「あの、親分さん、一体、なんのことでございます。吉林さんの掛け軸が盗まれたのですか」

銀次はおもむろに吉林で起きた掛け軸の盗難を語った。

「それでだ、おらあ、今回の見合い、なんともおかしいなと思ったんだ」

辰吉がおずおずと上目遣いになり、

「それはどうしてでございます」

「たしかに、見合いの席でおれはとんだ醜態を演じてしまった。本当に言い逃れができない醜態だ。しかし、だからと言って、それで縁談を断られるのはどうしたものな

んだろう」

辰吉は口をもごもごとさせ、何か言いたそうだ。だが、銀次はそんなことにはお構いなく考えを捲くし立てた。こうなると、銀次を止めることはできない。自分の粗忽な推理に没入している。

「いや、そら、醜態を演じた本人が言うのはお門違いというものかもしれねえが、おれは自分のことを敢えて棚に上げて言うと、おかしいのは若旦那の方からお勝に惚れていながら縁談を断ってきたってことなんだ」

辰吉はうつむいている。

「だから、おれは考えた。これは、今回の見合いはお勝が目当てじゃなかったんじゃねえか。つまり、見合いは見せかけだったたんじゃねえかってね」

銀次は真相を見破ったぞとばかりに薄笑いを浮かべた。ところが、

「どういうことです」

辰吉は不思議そうな顔をするばかりだ。

「若旦那、吉林じゃ顔らしいですね」

「恥ずかしながら、相当遊ばせてもらっておるようです」

「そうでしょ、ちょくちょく幇間や芸者をあげて賑やかに遊んでいるって話だ」

するとき、辰吉はばつが悪そうにうつむいた。

「ところで、さっき仲見世の茶店で、若旦那と会ったんです。若旦那、嘆いていましたぜ。親父さんから小遣いがもらえないって。それで、おらあ、ぴんときたんだ。若旦那は吉林の掛け軸に目をつけた。掛け軸を売り払って小遣いにしようと思ったんだってね。そこで見合いをもちかけた。見合いの隙に掛け軸を盗んだんだ。若旦那は、何度も厠へ行くふりをして部屋から出て行った。掛け軸は向かいの座敷にあった。おまけに、盗まれた日はおれたち以外、二階を利用した客はいないんだ」

銀次の結論に辰吉は唇を震わせた。

「親分、そんなことはあるわけがありませんよ」

「いいや、この三好町の銀次の目はごまかせねえ」

銀次は勢い余って腰を浮かした。

「こうなったら本当のことをお話し致します」

辰吉は居ずまいを正した。銀次は辰吉の神妙な顔つきに浮かした腰を落ち着けた。

「縁談をお断りしたのは、そんなことじゃないんです」

「ほう、どういうことです」

「浅草の観音さまで倅が一目惚れしたのはお勝さんじゃなかったんですよ」

銀次は眉根を寄せた。困惑する銀次に向かって辰吉が、

「一目惚れしたのは親分の女将さんだったんですよ」

銀次はぽかんとしたが、

「お藤に」

呆けた声を漏らした。

「ええ、まったく、どじな話です。卯之吉の奴、浅草の観音さんでお藤さんとお勝さんをお見かけし、お藤さんに一目惚れをした。それで、ひそかに跡をつけて親分のお店に入っていくのを見た。そこまでたしかめておいてから、わたしになんとかしてくれと泣きついてきた」

辰吉としても遊び呆けている不肖の息子が嫁を娶《めと》ることで更生してくれるんならと奉公人を何人か一富士に行かせ様子を見させた。働き者の好い娘とわかった。そこで、辰吉が一富士の家主藤兵衛を訪ねた。

「その時、わたしは藤兵衛さんに一富士の娘さんとの見合いを頼んだんです」

銀次は力なくうなずき、

「藤兵衛さんとしたら、娘さんと言われればお勝と思うものなあ」

「ですから、倅の奴、見合いの席でお勝さんが来たときは、驚いたそうです。それで

見合いの席にいたたまれなくなって、出たり入ったりをしてしまったと後になって話しておりました」

辰吉は両手をついた。

「親分さん、申し訳ないが、手前どもも親分さんが酒に酔われて醜態をさらされたことに便乗しようと思ったのです」

銀次は複雑な思いに駆られた。疑念は雲散霧消したが、お勝にどう話せばいいのだろう。お勝を一層傷つけてしまうのではないか。

「そういうこってすか」

銀次は肩を落とした。

「本当に倅の奴の勘違い、まことに申し訳ございません」

「いや、よくわかりましたよ。あっしこそ、とんだ濡れ衣を着せちまって」

銀次は腰を上げた。

「これ」

辰吉は袱紗包みを渡してきたが銀次はやんわりと断った。すると、廊下をあわただしい足音が近づいて来る。辰吉が眉間に皺を刻むと、

「旦那さま、大変でございます。若旦那が」

手代はすっかり泡を食っている。辰吉が、「しっかりしなさい」と叱咤した。手代は、唇を震わせながら、

「若旦那が浅草の観音さまの五重塔から突き落とされました」

「なんだって」

辰吉の目が大きく見開かれた。銀次は手代に向かって、

「で、若旦那はどうなすった」

「それが……。亡くなったそうです」

とたんに辰吉の口から悲鳴が漏れた。

十二

銀次は一富士に戻った。暖簾は出ていない。まだ七つ（午後四時）を過ぎたばかりとあって店はがらんとしている。お勝はお藤と調理場で料理の準備をしていた。銀次は調理場を覗きお勝に目配せした。

お勝は不安と期待の入り混じった顔で出て来た。銀次はお勝を誘い、表に出ると亥の堀の堀端に立った。柳の木陰で、

「行って来たぜ」

銀次は亥の堀の水面に視線を向けた。小波に揺れる水面は夕日が差し始め、薄く茜《あかね》がかっている。

「どうだったの」

お勝も銀次には顔を向けず亥の堀に浮かぶ荷船に目をやった。

「それがな、卯之吉さん、とんだことになっちまったんだ」

「ええ？」

「浅草の観音さまの五重の塔から落っこちて死んじまったんだよ」

銀次は卯之吉が突き落とされたことは伏せた。さらに、卯之吉の一目惚れの相手がお藤であったことも胸の奥に仕舞った。お勝は息を飲んでいる。

「卯之吉さんも旦那もおまえのこと嫁に欲しがってくだすったんだが、残念なことになっちまったな。おれが、見合いの席できちんとしていれば、今頃、卯之吉さんも死ぬことはなかったかもな」

銀次は自分のせいだと言わんばかりに唇を噛んだ。

お勝は首を横に振り、

「兄さん、わたしのために一生懸命やってくれたんだから」

「いやあ、面目ねえ。こんな兄貴ですまねえな」

「そんなことないって。兄さん、もう謝らないで。卯之吉さんが亡くなったことは兄さんのせいじゃないんだから」

お勝の目に薄っすらと涙が滲んでいた。銀次が口を閉ざすと、

「兄さん、わたしが近所の悪がきに苛《いじ》められた時のこと覚えてる?」

お勝はしゃがんで亥の堀を見下ろした。

「そんなことあったかな」

「わたしが八つの頃よ。おとっつあんもおっかさんもいない子だって苛められた。わたしが泣いていたら、兄さんたら、苛めたのは誰だって長屋中を追いかけ回したわね」

「ああ、そうだったな。今じゃ、科人《とがにん》を追いかけ回しているがな」

銀次が言うと、お勝の顔に笑窪が浮かんだ。

「わたし、お店があるから」

「ああ、じゃあな」

お勝が一富士に戻ると、豆六がやって来た。

「親分、今度はとんだご迷惑をかけちまって」

豆六は深々と頭を下げた。

「いいってことよ。それより、とんだことだったのはおめえじゃねえか」

豆六は卯之吉を懲らしめてやろうと五重塔を登った。最上階に達したところで、卯之吉の悲鳴が聞こえた。あわてて外に出ると、黒山の人だかりである。人だかりの中に卯之吉が倒れていた。首の骨を折ったのだろう。首がいびつな形に曲がっていた。

豆六は五重塔から出て来たところを目撃されたことにより捕縛された。

「親分が来てくれたから、あっさり解き放たれたんです」

「偶々、砧屋で聞いたんだ。すぐに駆けつけてよかったぜ」

銀次は豆六の無実を信じ、五重塔の中を調べた。すると、最上階で娘が一人泣いていた。豆六が見かけた卯之吉に泣きついていた娘だった。

「卯之吉の奴、自業自得だ。さんざん弄ばれた娘に突き落とされたんだからな」

娘はこれが最後だと五重塔に卯之吉を誘った。本当は心中するつもりだったという。ところが、卯之吉を突き落としたものの自分が飛び降りるのが怖くなってしまった。

「ま、あの高さだ。目がくらんで足がすくんじまうよ」

銀次が苦笑を浮かべると伝助がやって来た。伝助は吉林の盗難騒ぎが落着したと告げた。

「掛け軸、見つかったのか」

銀次は意外な顔をした。実際のところ自分の推理が外れ、袋小路に行き当たったと思っていたのだ。

「それが、とんだお粗末だったんです」

伝助が言うには、掛け軸を盗んだのは松の間を掃除した女中だった。女中は盗むつもりはなかったという。掃除の途中、掛け軸にはたきをかけてしまい、絵の一部を傷つけてしまった。

「掛け軸の隅っこをほんのちょっと破ったらしんです。で、その女中、怖くなってこっそりと糊をつけて修復し自分たちの部屋の押入れに入れて乾かしていたそうです。で、乾いたら戻そうと思っていたら、盗まれたって騒ぎになってしまった」

「騒ぎが大きくなり、言うに言えなくなったってことか。で、吉右衛門さんはその女中をどうなさったんだ」

「首にもしなければ罰しもしないそうです」

「ほう、そうかい」

銀次は笑みを浮かべた。

「女中に悪気があったわけじゃない、一生懸命の奉公の結果だなんてやさしく諭して

やがてぽとんと水底に沈んだ。伝助は店に向かったが豆六は銀次の横に立った。

銀次は言うと小石を摑んで亥の堀に投げた。小石は茜の染まった水面を滑り、や
「あの旦那、良い商人になるだろうな」

伝助もうれしそうだ。

おられましたよ」


「お勝さん、心に傷を負ったんじゃないですかね」

「まあ、死んだ人間を悪く言うのはなんだが、あんな男と一緒にならなくてよかった
よ。それに、お勝自身は自分が惚れられていたと思ってるんだ」

「そこなんですよ。それで、かえってお勝さん、傷ついたんじゃないかって。そうで
しょ。自分を思ってくれた男が死んじまったんですよ」

「でもな、ろくに言葉も交わしていないんだ。大丈夫さ」

「そうですかね」

豆六は水面を見つめた。銀次は笑みを浮かべ、

「ありがとよ。そうやって、お勝のことを心配してくれて。そうだ、おめえ、どうな
んだ、お勝のこと……」

豆六は顔を赤らめ、

「いや、そんな、あっしなんか」

「そんなことねえよ。こんな身近にお勝の相手がいたんだ。おれも迂闊《うかつ》だったぜ。よし、おれに任せろ」

「勘弁してくださいい。親分が……」

豆六は、「親分が乗り出したら何もかもがめちゃくちゃになります」という言葉を心の中で言った。

「任せろよ」

「いえ、親分。お勝さんは心に傷を負ったんです。しばらくはそっとしておいてあげないと」

「そうかなあ」

「そうですよ」

豆六はぺこりと頭を下げると一富士に向かった。

やわらかな春風が銀次の頰を撫でた。日が西の空に傾き、宵の明星がくっきりと浮かんでいた。

第二話　呪いのわら人形

一

梅も見頃となった二月の初め、銀次は町廻りと称して富ヶ岡八幡宮の境内をそぞろ歩きしていた。富ヶ岡八幡宮は梅の名所ではなく、桜が有名なのだがあいにくと桜を愛でるには早い時節だ。別段、花を見に来たわけではなく、お藤、お勝という口うるさい二人から逃れたいのが本音といったところである。

銀次は縞柄に着物を尻はしょりにし、紺の股引という岡っ引の扮装でぶらぶらと境内を散策した。やわらかな春の日差しとさわやかな風がなんとも心地良い。歩いているだけで心が和んでくる。目尻が下がりたれ目が一層際立った。

穏やかな日和に誘われ、境内は大勢の参拝客で賑わっていた。参拝客を当て込んだ屋台も繰り出され、祭りでもないのに賑やかな喧騒に満ち溢れている。

「いい日和だな」

銀次は平和な昼下がりを味わうかのように胸一杯に息を吸い込んだ。だが、そんな銀次を逆撫でするような人垣に行き当たった。大道芸でも行われているのかと、

「ちょいと退《ど》いてくれ」

人の輪を掻き分けると男が倒れている。

「行き倒れかい」

周りの人間を見回すと、みな関わりを恐れているのだろう。視線をそらせる。銀次は顔をしかめ倒れている男に屈み込んだ。髪は真っ白、紬の着物に羽織という身なりからして大店の隠居であろうか。

「しっかりしねい」

銀次は男を抱き上げた。男の口からうめき声が漏れた。右腕を取り脈をたしかめた。脈はしっかりとしている。銀次は人だかりの中から、

「おう、ちょいと手を貸してくれ」

若い男を見つけ指差した。若い男はおっかなびっくりうなずくと銀次の傍らにやって来た。

「そこの茶店まで運ぶぜ」

若い男と一緒に年寄りを抱きかかえ、境内に設けられた葦簾《よしず》張りの茶店に運んだ。

「ちょいと、休ませてもらうぜ」

銀次は女中に声をかけ、朱色の布が敷かれた縁台に年寄りを寝かせた。

「すまねえな、もういいぜ」

銀次は若い男に言うと、若い男は関わりを嫌ってかそそくさと立ち去った。次に、好奇な目を向けてきた女中に茶を頼んだ。しばらくして年寄りの目が瞬かれた。銀次が覗き込むと、

「うう」

年寄りの口からうめき声が漏れた。案ずるように視線を凝らすと両目が開かれた。

「おお、気がついたかい」

銀次は微笑みかけた。年寄りはしばらく横になったままぽかんとしていたが、

「富ヶ岡八幡宮さんの境内だよ」

銀次に声をかけられ、

「八幡宮……。ああ、そうでした」

かすれた声で答えた。次いで銀次に怪訝な顔を向けてきた。

「ご隠居さん、ああ、お見かけしたところどちらかの大店のご隠居さんかと思ったんで、こう呼ぶんだが、ご隠居さん、境内で倒れてなすったんだ。おらあ、深川の三好町で十手を預かってる銀次ってもんだ」

銀次は年寄りを安心させようと穏やかな物言いをした。年寄りは身を起こし立ち上がろうとしたがふらふらとよろめいた。銀次は、「無理しちゃいけねえ」と縁台に座らせる。

「それは、それはありがとうございます。わたしは山本町で傘問屋を営んでおります相模屋の主で助五郎《すけごろう》と申します」

助五郎は丁寧に頭を下げた。

「ああ、相模屋さんの旦那さんですかい。こら、失礼申しました。ご隠居さんだなんて」

銀次は頭を掻いた。

「いいえ、わたしこそ」

助五郎が笑みを浮かべた時、女中が茶を運んで来た。

「まあ、茶でも飲んで」

銀次に勧められ、

「重ね重ねすみません」

　助五郎は笑みを深めた。

「医者にお診せになった方がいいですよ」

　銀次も茶を啜る。人助けをしたと思うと茶の味がまろやかに感じる。

「医者には診せているんです」

　茶を飲んで落ち着いたせいか助五郎の頬に赤みが差した。

「そうなんで」

「いつも診てくれている蘭方の先生がいましてね」

「蘭方、当節、蘭方流行ですからね」

「その先生のお診たてでは心の臓の病です。わたし自身、そのことはよくわかっておるんですがね」

　助五郎は弱々しげに顔をくもらせた。

「そいつはいけねえや。用心なさらねえと」

「そのつもりで過ごしてはいるんですが、今日は陽気も良かったんでつい一人で出歩きたくなりまして」

　助五郎は自嘲気味な笑みを浮かべた。

「そうですかい。でも、あたしがこんなことを申し上げるのはなんですが、息子さんがいらっしゃるんなら息子さんに店は任せて、楽隠居なすったらどうです」

銀次の言葉に助五郎は寂しげな顔をして、

「息子がいるにはいるんですが……。どうも頼りないと言いますか」

「そりゃ、旦那の目から見ればそうかもしれませんが、案外としっかりとした良い商人におなりになるかもしれませんぜ」

「そうだといいのですがね、わたしの目から見たら、いつまでも半人前と申しますか、とてものこと店を任せるなど……。これはすみません。つい、愚痴をお聞かせしてしまいました」

助五郎は恥ずかしそうにうつむいた。

「商いってのは難しいもんですね」

「いつになっても満足できる、ということはございませんなあ」

「おおっと、話し込んでしまった。あまり、外の風に当たらない方が身体のためだ」

銀次は気づかうように腰を上げた。

「今日は本当にありがとうございました」

「礼なんていりませんよ。十手を預かる者としてあたり前のことをしただけですから。

それより、旦那、くれぐれもお身体、大事になすってください」

銀次は名残惜しげに言った。

「親分も」

助五郎はゆっくりとだがしっかりとした足取りで境内を歩いて行った。銀次は助五郎の姿が人垣に消えるまで見送った。鳶《とび》がのどかに輪を描くのどかな春の昼下がりだった。

二

助五郎は山本町の相模屋に戻った。店の暖簾を潜ると、

「おとっつあん、どこへ行っていたんだい」

息子の岩五郎が帳場机から声を放ってきた。その名の通り岩のような大男だ。傘を物色する客達の目が助五郎に集まった。助五郎は岩五郎を無視し、通り土間を奥に向かった。

「おとっつあん」

岩五郎の声が背中から追いかけてくる。

「うるさい」

助五郎は台所に至った所で振り返った。

「でも、心配じゃないか。さっきから宗方先生がお待ちなんだよ」

岩五郎は口をぱくぱくとさせた。身体は岩のようだが心根は豆腐のようにもろい。助五郎に叱責を受けるとたちまちおどおどしてしまう。それが助五郎をして店を譲れない大きな足枷《あしかせ》となっていた。

「店であんな大きな声を出すことはないだろ」

助五郎の顔は息子のふがいなさに歪んだ。たちまち岩五郎は口をもごもごとさせ、

「でも、先生も心配なさってたんだ」

「お店ではお客さまの手前があるじゃないか」

助五郎は吐き捨てるとくるりと背中を向けた。すると、岩五郎も金魚の糞のようについて来る。たちまち、

「馬鹿、店に戻れ。商いをしろ」

助五郎の怒声が飛び、

「わかったよ」

岩五郎は塩をかけられたナメクジのように身体を小さくし店へ戻った。

「情けない奴だ」

助五郎は舌打ちをし、台所を突っ切ると裏庭にある母屋の玄関に入り、居間へと向かった。

「お待たせしました」

助五郎が居間に入ると、宗方山鉄《むなかたさんてつ》はしずかな笑みを向けてきた。歳の頃、まだ二十半ばの青年医師である。薄い灰色の小袖に紫の羽織を重ね、黒々とした光沢のある髪を総髪に結っていた。

「お加減はいかがですか」

宗方の声音はそのやさしげな面差し同様、鶯のように穏やかだ。

「気分は良いといいたいんですがね」

助五郎は富ヶ岡八幡宮で倒れてしまったことを語った。

「陽気が良いものでつい油断をしました。歩いている内に急に胸が苦しくなってしまって……。親切なお方に助けていただいて、なんとかあの世から戻って来られましたがね」

助五郎の言い方は皮肉と自嘲が入り混じっていた。

「悪いご冗談を」

宗方は諌めるように目をきつくした。

「いや、失礼申しました。実際、あの伜では死んでも死に切れません」

「また、そのようなお気の弱いことを」

山鉄は助五郎の脈を取った。それから羽織を脱がせ着物の胸をはだけた。骨と皮だけの薄い胸板が現れた。あばら骨がくっきりと浮き出ている。山鉄は軽く頭を下げると胸に手を置いた。しばらく、心臓の鼓動をたしかめるように触診をし、難しい顔でふんふんとうなずいている。

「大丈夫ですよ」

山鉄は頰を綻《ほころ》ばせた。助五郎は着物の襟を寄せ、手あぶりに右手をかざした。廊下を足音が近づき、女中が白湯《さゆ》を持って来た。

「さあ、お薬ですぞ」

山鉄は薬箱から白い紙の包みを取り出した。開けると白い粉が入っている。助五郎は顔をしかめながら女中から白湯を受け、薬を飲んだ。

「脈は安定しております。あとは、無理をなさらず、心穏やかに過ごされることです」

「わかっておりますが」

助五郎は顔をくもらせるばかりだ。

「いつも申しておりますように、商いからは身を引かれることをお勧めします」

「それができましたら何よりの養生でしょうがね……」

助五郎はまたしても息子の悪口が口から出そうになり、ぐっと飲み込んだ。それから、弱々しい笑みで、

「わたしだって、俳諧をやったり茶道を学んだり絵を描いたり芝居見物をしたりして余生を過ごしたいですよ。そうした方が身体に良いこともわかっています。でもね、倅に店を任せることを思うと」

助五郎は心臓辺りを両手で押さえた。やがて目を瞑り、

「ああ、駄目だ。そう思っただけで胸が苦しくなりそうだ」

顔をしかめた。

「心、穏やかに過ごしてください」

宗方はふと庭を眺めた。小さい清水をたたえた池の周りに梅や桜が植えられている。だが、特に目を引くのは庭の真ん中の大きな樫《かし》の木だ。往来にまで枝を伸ばし濃い緑をたたえ、まるで庭の主のようである。

「くれぐれも申しますが、ご無理はなさらないことです」

宗方は腰を上げた。すると、助五郎はふと何かに突き動かされたように、

「先生」

と、宗方の腕を摑んだ。宗方はやわらかな笑みを返した。

「先生の目からご覧になって岩五郎はどうでしょう」

「どうでしょうとは、相模屋の主としてということですか」

助五郎は無言でうなずく。

「温厚なお人柄で、お出入り先からも好かれる好人物とお見受け致します」

宗方は静かに答えた。助五郎はふんふんと聞いていたが、

「人が良いというのはよくわかりますが……」

「商いは好人物でなければ」

宗方は励ますように言った。助五郎は首を横に振り、

「いや、人が良いだけではこの世の中渡っていけません。ましてや商いの世界では
……」

「でも」

宗方の声を遮り、

「いや、まだまだです」

助五郎は声を上ずらせた。

「いけません、そのように興奮なさっては」

宗方はやんわりと諌めた。助五郎がうなずいたところで店の二階から鐘のような音が聞こえてきた。

「八つ（午後二時）ですか」

宗方は音の方を見た。助五郎の顔が和らいだ。

「先生が長崎から買って来てくだすった西洋時計、便利なものですな」

それは宗方が長崎で買い求めた時刻を告げる西洋時計だった。なんとも心地のよい響きである。

「あの音を聞きますと心が和みます」

助五郎は表情を落ち着かせ、

「では、わたしは店に」

と、はやる気持ちを抑えながら店へ向かった。

三

翌朝、助五郎は目が覚めた。まだ朝が明けない七つ半（午前五時）を過ぎた頃である。今日に限ったことではない。いつものことだ。店の誰よりも真っ先に目が覚めてしまうのだ。つくづく歳を取ったものだと思う。毎朝の目覚めが自分の老いを実感させるとは我ながら情けない。

まだ温まっている布団を抜け出し白木綿の寝巻きのまま寝間を出た。縁側にたたずむ。冷たい空気が身を刺したが、それがかえって気持ちをしゃきっとさせる。朝まだきの庭を眺めた。薄暗がりに樫の木が大きな影となっている。目を凝らしているうちになんとも言えない違和感が胸に広がった。

「なんだ」

助五郎の目が樫の木の幹に釘づけになった。何か妙な物がある。最初は鳥が止まっているのかと思ったが鳥の形ではないし、枝でもない幹に鳥がとまることもない。

助五郎は好奇心に駆られ、縁側の下に置いてある下駄を履き樫の木に近づいた。

やがて、西の空が朝焼けに彩られ、日が差してきた。助五郎の目にそれがはっきりとした形となって迫ってくる。

「こ、これは」

助五郎の胸が高鳴った。それは人の形をしたわら人形だった。それが畳針によって幹に突き刺してある。わら人形の胴体には、「すけごろう」と記された紙が巻かれていた。

「き、きえい！」

助五郎は樫の木の根元に尻餅をついた。


明け六つ半（午前七時）、一富士の裏庭では銀次が洗顔を終え朝日に向かって拍手を打っていた。

「今日も無事御用が務まりますように」

銀次は言うと、「腹減った」とつぶやき店に入った。味噌汁の香ばしい香りが鼻をかすめる。

「ああ、腹減った。飯だ、飯だ」

銀次は勢い良く小机に向かった。豆六と伝助が入れ込みの座敷を雑巾がけしている。

調理場ではお藤とお勝が朝飯の仕度を整えていた。

「はいよ」

お藤が朝飯を運んで来た。箱膳に湯気の立った丼飯と味噌汁、めざしが添えられている。味噌汁の具は油揚げと茄子だった。

「おお、うまそうだ」

銀次が箸を取り上げたところで、

「ごめんくださいー」

と、力士のような大男が入って来た。力士でないことは紬の立派な着物に黒紋付の羽織という店者風の装いが示している。まだ暖簾を出していないため、

「いらっしゃいまし」

と、お藤は笑顔を送ったものの、「店はまだなんですけど」と機嫌を損なうことのないように愛想良く言った。豆六と伝助も雑巾掛けの手を休め大男に視線を向けた。

「ああ、いえ、違うんです」

大男は身体とは裏腹の小さな声で身をもじもじとさせた。

「どうしたんだい」

銀次は味噌汁を啜りながら聞いた。

「こちら、三好町の親分さんのお宅ですよね」

大男はおずおずと切り出した。

「ああ、そうだよ。あんたは？」

銀次は箸を箱膳に置いた。

「わたし、山本町で傘問屋を営んでおります相模屋助五郎の息子で岩五郎と申します」

岩五郎は大きな身体を折った。

「ああ、旦那の息子さんか。相模屋さんの若旦那だな」

銀次は助五郎を思い出し、「まあ、座りなさい」と自分の向かいを目配せし、お藤に茶を淹れるよう言いつけてから、

「そうだ、若旦那、朝餉《あさげ》はまだでしょう。一緒にどうです」

「いえ、わたしは結構です」

岩五郎は遠慮がちに首を横に振った。豆六と伝助は雑巾掛けを再開した。

「こんな、朝早くすみません」

岩五郎はひょこっと首をすくめた。

「そんなことはかまわねえが」

銀次の胸に不安がよぎった。昨日の助五郎の様子が気になる。こんな朝早くに息

子がやって来たということは助五郎の身に何か起こったのではないか。

「親父が親分さんに家まで来ていただきたいと申しておりまして。おまえ、お願いして来いと言われまして」

岩五郎のとつとつとした物言いは助五郎が言っていたように頼りなさを感じさせた。だが、そんなことは顔に出さず、

「旦那の頼みなら行かねえとは言いませんが、どうしてなんだかわけを聞かせちゃあくれませんかね」

「はい、それが、その……。親父が言うにはくれぐれも内密にして欲しいとかで、親分が来ていただいてからじゃないと詳しい話はお聞かせできないので」

岩五郎の話は一向に要領を得なかったが銀次はうなずくと、

「わかった。じゃあ、飯を食うまで待ってくださいな」

と、飯をかき込み始めた。すると、岩五郎の目が物欲しげになった。銀次が承諾してくれたことで安心したのか腹がすいたようだ。

「どうした、腹が減ったのかい」

「いえ、そんなことは」

岩五郎はかぶりを振ったが腹が鳴った。

「胃袋は正直だ。いいよ、遠慮しなさんな」

銀次は調理場に向かって朝餉を頼んでやった。岩五郎は恥ずかしそうに礼を言った。

二人は食事を終えてから、

「豆、伝の字、行くぜ」

銀次は勢い良く腰を上げた。すると、

「すみません、親分、お一人で」

岩五郎が懇願した。

「でも、こいつらおいらの子分だ。決して秘密を漏らすことなんかありませんよ」

銀次に言われても、

「でも、親父が親分お一人でって、言ってましたんで」

岩五郎は譲らない。銀次は、

「わかりました」

そして、心の内で、「これじゃ助五郎が隠居できないわけだ」と毒づいた。

「ありがとうございます。では、駕籠を待たせていますんで」

岩五郎は安堵の笑みを浮かべた。

「なんだ、駕籠を待たせていたのかい」

銀次はまたも心の内で、「それを早く言いなよ」とつぶやいた。

四

銀次が相模屋の母屋にやって来ると、助五郎は寝間で布団に臥せっていた。銀次に目を向けると、旦那、上半身を起こす。

「おおっと、旦那、寝ていなすって」

銀次は手で制したが、

「いや、かまいません」

助五郎は言うと岩五郎に目を投げた。岩五郎はあわてて助五郎の背中を支えた。

「息子さんがお使いに来なすったんだが」

銀次は視線を向けた。

「それが、お恥ずかしい話なのですよ」

助五郎は苦笑を浮かべた。

「どうなすった」

「それが」

岩五郎が助五郎に目配せされ枕元から人の形をしたわら人形を取り出した。

「これなのでございます」

助五郎はおっかなびっくりといった様子でわら人形を銀次に差し出した。

「なんですか、これ」

銀次は早朝からの秘密めいた呼び出しがわら人形なのかと拍子抜けする思いだったが、助五郎の思いつめたような顔を見ると苦笑が漏れそうになるのを我慢した。

「おい」

助五郎は岩五郎に向かって顔をしかめた。岩五郎は、「ああ、これ忘れてた」と畳針と、「すけごろう」と書かれた紙を銀次に差し出した。

「これは、性質《たち》が悪いな」

銀次は眉間に皺を刻んだ。助五郎はわら人形が樫の木に畳針で刺されていたことを説明した。

「あたしは何者かに呪われているのです」

助五郎は胸を押さえた。

「そんな、旦那。これは悪戯《いたずら》じゃありませんか。少々質《たち》の悪い悪戯ですよ」

銀次はことさら何でもないことのように笑顔を送った。

「でも」

助五郎は怯えるように首をすくめた。そんな助五郎を岩五郎は、

「親父はすっかり元気をなくしまして」

と心配げに見やった。

「なんとかって蘭方のお医者は」

銀次が聞くと、

「先ほど来ていただきまして、薬を煎じてくださいました」

岩五郎が答えた。

「先生はなんとおっしゃったんで」

「ゆっくりと静養するのがよいと」

岩五郎は言った。とたんに、

「ゆっくりなんかしてられるもんか」

助五郎は気色ばんだ。

「それがいけませんや」

銀次は諭したが、

「いや、親分さん。ここで寝ている方がむしろ身体に悪いんですよ」

助五郎は蔑むような目を岩五郎に向けた。

「親分、どうかこの下手人を探してくださいませんか」

「下手人と言っても、これじゃあ質の悪い悪戯の域を出ませんからね」

「そこをなんとか」

助五郎は両手を合わせた。

「それじゃあ聞きますが、旦那、こんなことされる覚えがありますかい」

銀次はわら人形を右手で弄んだ。助五郎は目を泳がせ、

「さあ」

とつぶやいたが、

「このお店は旦那が始められたんで」

銀次が話題を変えると、

「ええ、あたしが裸一貫で身代を築き上げました」

助五郎は岩五郎を叱咤するように大きな声を出した。岩五郎の巨体が縮んだ。

「するってえと、知らず知らずのうちに、人から恨みを買うなんてこともあったかもしれませんね」

銀次に言われ、

「そんなことはない。あたしゃ、一生懸命に働いてきたんだ。人さまから後ろ指を指されることをした覚えはない」

助五郎はむきになった。とたんに、顔を歪め苦しげに胸を押さえた。

「おとっつあん、寝ていなきゃ」

岩五郎は助五郎を布団に寝かせた。助五郎は顔を歪ませながらも両目を閉じ、やがて寝息をたてた。岩五郎はやれやれとばかりにため息をついた。

「親分さん、申し訳ございません」

「そんなことはいいんですよ。でも、旦那が気になさることは無理ねえな。ただでさえ、心の臓が悪いところへもってきて自分を呪うわら人形が見つかったんじゃあなあ」

銀次はわら人形をじっと見つめた。

岩五郎も心配そうにわら人形に視線を向けてきた。

「ところで、旦那はああ言ってなさったが、あの苦しみようは尋常じゃねえ。きっと、人から恨まれる覚えがあるんじゃないですかね」

銀次の問いかけに岩五郎はうつむくばかりだ。

「この際だ、心当たりがあったら教えてくれませんか。じゃねえと、わたしだって探しようがありません」

「はい、それが、親父はほとんど自分の昔話をしないんです」

「なんですかね。なにか人に話せない辛いことがあったとか、人から恨まれることがあったのか……」

銀次はそれ以上は聞かなかったが、助五郎のむきになった態度が過去を物語っているように思えた。決して知られたくないことがあるに違いない。わら人形は助五郎を恨んでいる者の仕業ということか。すると、下手人はこの近くにいる。ひょっとして店の奉公人の中に……。

銀次はそこで思案を中断すると現実に戻った。

「ですからね、わら人形一つで御奉行所に訴え出るわけにもいきませんや」

「それですんで、親父は親分さんを頼ったわけなんです」

岩五郎はぺこりと頭を下げた。

「ま、若旦那、旦那が安心できるように一日も早く店を切り盛りできるようおなりなさいよ」

銀次は我ながら説教じみた物言いをしてしまったことをわずかに後悔しながら相模屋を後にした。

ところが、その翌朝、またも呪いのわら人形が発見されたという。一富士に岩五郎が困り切った顔でやって来て、なんとかして欲しいと頼み込んだ。銀次もさすがに放っておけず、北の御奉行所の同心さまにも相談すると岩五郎を言い含めて一旦家に帰した。

五

そうやって銀次が北町奉行所定町廻り同心、牛久保京乃進と一緒に相模屋に着いたのは昼近くのことだった。京乃進は小銀杏《こいちょう》に結った髷、千鳥格子の小袖を着流し、黒地の巻き羽織という八丁堀同心の格好をし、歳は銀次より三つ上の三十三歳という働き盛り、顔は役者絵から抜け出てきたような男前である。このため、町人たちや銀次たち岡っ引連中から親しみを込めて「団十郎の旦那」と呼ばれている。

銀次と京乃進が寝間に入ると助五郎は布団に寝かされ、すやすやとした寝息を立てていた。枕元に若い男が座っている。身なりからして医師の宗方山鉄であろう。果たして、

「医師の宗方です」

宗方は丁寧な挨拶を送ってきた。銀次と京乃進もそれぞれに名乗ってから、

「で、旦那のお加減は」

銀次が宗方に問いかけた。

「今は薬が効きましてご覧の通り休んでおられます」

「若旦那はどうなさっておられるのです」

宗方は苦笑を浮かべた。その顔を見ればおおよその察しはついた。ところが、事情を知らない京乃進はぽかんとしている。銀次は、

「旦那、若旦那に口うるさくおっしゃったんでしょ。おまえはこんな所にいないで店に行け、商売に身を入れろなんて。そうでしょ」

宗方を見た。宗方はうなずき、

「お察しの通りです。それはもう顔を真っ赤になさって。岩五郎さんはかわいそうに、旦那さんの身を案じられながら追い立てられるように店に向かわれました。旦那は、岩五郎さんが店に出られることを確認してから薬を飲まれて、やっと気持ちが落ち着いたようです」

宗方はわら人形を差し出した。銀次は受け取り京乃進に渡した。

「これが、呪いのわら人形か」

京乃進は手に取ってしげしげと眺めたが、こんな物がどうしたと言わんばかりに銀次に戻してきた。

「旦那はただでさえ心の臓が弱ってらっしゃるところへもってきて、こんなことされたもんだからすっかり怯えているんですよ」

銀次は助五郎の寝顔に視線を落とした。

「そうなのです。すっかり、弱気になられて。わたしは気の持ちようだと申しておるのですが」

宗方も心配そうな顔を助五郎に向けた。

「その上、若旦那があぁじゃなあ、心労が重なるってもんだ」

銀次は言ってから口を押さえた。

「このわら人形を仕掛けた下手人の狙いは助五郎を苦しめ、やがては命を落とさせるということなのか」

京乃進が言った時、助五郎の両目が開かれた。

「親分」

助五郎は顔を上げようとした。それを宗方が諫める。銀次もそのままになすってと言葉をかけてから、

「旦那、安心なすってくださいよ。こちら、北の御奉行所の同心さまで牛久保京乃進さまです」

と、京乃進を紹介した。助五郎の目元がわずかに綻んだ。

「すみません、ご足労を」

助五郎は言ってから苦しげに顔を歪ませた。

「無理して話をしなくていいよ」

銀次は気づかい宗方を見た。宗方は、

「あとは親分さんにお任せして休まれよ」

銀次も、

「そうですよ。任せなすって」

京乃進に目をやり二人で寝間を出た。縁側に出て、

「あの樫の木に刺されていたんだそうです」

銀次は巨大な樫の木を指差した。

「ふ～ん」

京乃進は感心なさそうにすぐに視線をそらした。

「こら、なんとかしねえと」

銀次は京乃進のそんな態度に批難の色を目に込めた。ところが京乃進は、

「でもなあ、わら人形で呪われたからって、おれたち町方が乗り出すわけにはいかんぞ」

「そら、まあ、実際に助五郎が殺されたわけでもねえですしね」

銀次は困ったように顎を掻いた。

「もっと言えば、だ。かりに助五郎が死んだとしてもだ、それを呪いのせいにして呪いの人形を仕掛けた人間をお縄にできるか」

京乃進はまじめな顔をした。

「それは、まあ、なかなか難しいですね」

銀次も反論はできなかった。

「だから、この一件の訴えを受けつけることはできんなあ」

京乃進は冷めた物言いをした。

「でもねえ、目の前に苦しんでいる町人がいるんですよ」

銀次はむっとした。

「だが、どうしようもないんだよ」

京乃進は諭すように返した。その時、岩五郎が縁側を歩いて来た。

「これは、親分さん」

岩五郎はすがるような目を向けてきた。

「こちらな」

銀次は京乃進を紹介した。岩五郎は頼もしげに京乃進を見た。京乃進は頼られても今の段階ではどうすることもできないと感じているせいか、曖昧な笑みを浮かべるだけだ。

「お役人さま親父を苦しめる下手人をお縄にしてください」

岩五郎に言われ、

「ああ、それはな、銀次がやってくれるぞ」

京乃進は銀次に投げた。銀次はぽかんとしたが、

「そうですか、親分さん、お願いしますね」

岩五郎に期待を込められ、

「まあ、まかしな」

つい胸を叩いてしまった。岩五郎は安心したのか、助五郎の叱責が怖いのか、すぐに店に戻って行った。

「旦那、ひでえじゃありませんか」

銀次が批難を向けると、

「ああでも言わなきゃ、引っ込みがつかないだろ」

京乃進は涼しい顔である。銀次は腕組みをして、

「さあ、これからどうする」

と、巨大な樫の木を見つめた。

六

銀次はその晩、再び相模屋にやって来た。時刻は夜四つ（午後十時）である。助五郎は寝間で寝入り、岩五郎も自室に引きこもっていた。店が閉じられ住み込みの奉公人たちも店の二階で眠っている。銀次は庭の躑躅《つつじ》の植込みの陰に身を潜ませじっと張り込みをした。わら人形を仕掛けた下手人を突き止めようというのだ
春とはいえ、夜風は肌身に堪える。しんと静まり返った庭に犬の遠吠えが寂しげに聞こえ着物の襟を寄せながら、
「どてらでも着てくれば良かったな」
と、己のなりを悔いた。

満月の明かりが皓々と降り注ぎ、樫の木を見張るには申し分のない夜だ。母屋も店も雨戸が閉じられ、大きな影となっていた。人っ子一人どころか、鼠一匹すらも動いているものはない。

「今晩もやって来やがるか」

銀次は一人ごちた。そのまま何事もなく時は過ぎ、夜八つ（午前二時）を告げる西洋時計の音がした。草木も眠る丑三《うしみ》つ時である。

「いい音色だね」

銀次はつい耳を傾けた。すると、ざわざわとした足音がする。音のする方に目をやると、女が一人店から出て来た。手にわら人形を持っている。銀次は女に視線を凝らした。

女は裸足だった。目がとろんとして呆けた表情である。わら人形を手にしたまま樫の木に近づき幹に向かって無言のまま畳針で突き刺した。

「あの女が下手人か。相模屋の女中だな」

銀次はその一部始終を見ていた。すぐに捕らえるべきか迷ったが、女中にはそれなりの事情があるのかもしれないと思った。何か助五郎に対して恨みがあるのかもしれない。とすれば、その事情を聞いてやり助五郎に呪いをかける理由がはっきりすれば、助五郎の心痛も解かれるというものだ。女中にしたって助五郎を直接傷つけているわけではないのだ。

銀次は女中の顔を脳裏に刻み、相模屋をあとにした。


ところが、翌朝明け六つ半（午前七時）のことだった。

銀次は相模屋から夜明け近くになって戻ったことでぐっすりと二階で寝ていた。とてものこと、普段どおりに起きられるものではなかった。助五郎の一件の解決の糸口が摑めたことの安心感もあった。

すっかり、夢見心地で寝入っていると、

「親分！」

豆六の怒鳴り声が耳に届いた。次いで、階段を駆け上る足音がし、

「親分、てえへんだ」

「なんだよ」

今度は伝助の声がした。

銀次は目をこすったものの、「もう少し寝かせろよ」と布団を頭からかぶった。

「ちょっと、起きてくださいよ」

伝助がもう一度懇願し、

「親分、頼みますよ」

豆六が布団を捲った。銀次は目をこすりながら、

「なんだよ」

伝助は口をもごもごとさせ、助けを求めるように豆六を見た。

「相模屋の助五郎が呪い殺されたんですよ」

豆六はつい声をひそめた。銀次は、

「だから、わら人形の下手人だったら突き止めたんだよ」

まだ頭が回らず再び布団に寝転がった。

「助五郎が死んじまったんです」

豆六は銀次の肩を揺すった。

「……………。なんだって」

銀次はやっと事の重大さを理解し上半身を起こした。

「そうなんです。先ほど、岩五郎から報せが届きました」

豆六は落ち着いた顔で答えた。銀次の脳裏に真夜中に見た女中の姿が浮かび、

「くそ、抜かった」

なんで止めなかったんだ。止めていれば、助五郎は殺されずにすんだんだ、と思ったが、冷静になってみるとわら人形で呪い殺せるはずはないという疑念が胸をついた。だが、こうしてはいられない。

「わかった。すぐに行くぜ」

銀次は跳ね起きた。

銀次は豆六と伝助をつれ相模屋に着いた。母屋の縁側で牛久保京乃進が待っていた。

「とんだことになってしまいました」

銀次は頭を下げた。

「おまえが謝ることじゃないだろう」

京乃進に言われたが、

「実は、昨晩」

銀次は真夜中の目撃談を話そうとしたが、

「親分！」

岩五郎の悲鳴にも似た呼びかけに遮られた。岩五郎はでかい図体に不似合いなほどのしょげ返りようで、涙で目を腫らしている。

「このたびはとんだこったなあ」

銀次は慰めの言葉もなかった。

「だから、助けてくださいってお願いしたじゃありませんか」

岩五郎は縁側に泣き崩れた。

「まあ、若旦那、しっかりなさいよ」

銀次は豆六と伝助に目配せした。二人は、

「若旦那、お話はあっちで」

と、岩五郎を母屋の奥へ連れて行った。

「仏さんの顔を拝みますか」

銀次が言うと京乃進と共に助五郎の亡骸が横たわっている寝間に入った。寝間には宗方が待っていた。

「これは、先生」

銀次が頭を下げると宗方も静かに返した。助五郎は布団に横たえられ顔には白布が掛けられていた。

「まさか、呪い殺されたんじゃねえでしょうね」

銀次は恐る恐る聞くと、

「持病の心の臓の発作です」

宗方は淡々と答えた。京乃進が、

「それは」

と、枕元に視線を走らせた。わら人形が置いてある。今朝、助五郎が樫の木から回収したのだという。

「それから、間もなくのこと。岩五郎さんの話では旦那はわら人形を握り締め苦しみ出したのだそうです。すぐにお薬を飲まれたのですが、わたしが駆けつけた時には既に……」

「亡くなってなすったんですね」

銀次は自分を責めた。あの時、女中を捕らえるべきだった。呪い殺されたということはないにしても、わら人形が助五郎を苦しめたことは事実なのだ。その苦しみが助五郎の弱りきった心臓を止めてしまった。銀次は悔しそうな顔で、

「牛久保の旦那、ちょっと」

と、京乃進を縁側に連れ出した。

七

「どうした」

京乃進はいぶかしんだ。

「実は助五郎が死んだのはあっしのせいなんで」

銀次は深刻な顔をした。京乃進は無言で話の続きを促してくる。銀次は昨晩、女中によるわら人形の呪いを目撃しながら止めようとしなかったことを話した。京乃進はしばらく黙っていたが、

「それは関係ないだろう。だって、宗方先生もおっしゃってたじゃないか。死因は持病の心の臓の発作だって」

「ま、そりゃ、そうかもしれませんが、その発作の原因がわら人形にあるとしましたら」

銀次は不安と不満が入り混じった顔である。

「呪いなんか信じるのか」

「いや、でも、的中しちゃいましたからね」

「だから、的中したわけじゃないんだよ」

「そりゃ、呪いで死んだんじゃないでしょうが、あっしとしたら責任を感じますよ」

「じゃあ、おまえお縄になりたいのか」

京乃進は鼻で笑った。

「いや、それは困りますよ」

銀次はかぶりを振った。京乃進は顔をしかめ、

「なら、言うなよ」

「すんません。それじゃあ、一応女中の話を聞きますか」

「そうだな、今更聞いたところでどうなるものでもないが」

京乃進は思案するようにうなずいた。

銀次と京乃進は店に入った。二十畳ほどの座敷に色とりどりの傘が並べられている。

店は雨戸が閉じられ奉公人たちは怯えた表情で掃除をしている。銀次と京乃進が姿を現すと、みな掃除の手を止めた。銀次は奉公人を見回し、真夜中の女中を見つけた。手代をつかまえ、女中の名前をたしかめる。おぬいという十八歳の女で奉公に上がって十年になるという。

銀次はおぬいに、

「ちょっと、話を聞かせてくれ」

と、気さくな調子で声をかけた。おぬいは戸惑いの表情を浮かべた。京乃進は無用の威圧をかけないよう横を向いた。

「おぬいちゃんだな」

おぬいは声を出さずにうなずく。

「あんた、昨晩と言っても真夜中、丑三つ時なんだが、何をしていた」

銀次は笑みを崩ささずに聞いた。おぬいはぽかんとし、

「あの、寝ていましたけど」

「寝ていたのはわかるんだが、丑三つ時の時分に起きたことはなかったかい」

銀次は噛んで含んだような聞き方をした。が、おぬいは相変わらずぽかんとしたまま、

「起きていません。お店の二階が奉公人の寝間です。そこで、寝ていました」

その顔は嘘をついているようには見えなかった。しかし、銀次はたしかに見たのである。満月に照らされたわら人形を持った女はまごう方なくおぬいだった。

「いいか、よく思い出してくれ」

銀次が尚も聞こうとすると、

「本当でございます。わたしはどこへも行っておりません」

おぬいは今度は激しく首を横に振った。

「そうかい、まあ、誰にでも勘違いってものがあるからな」

銀次はあくまでやさしく語りかけたがおぬいは、

「勘違いしようがありません。わたしはずっと寝ていたんですから」

訴えるような口調になった。銀次はひょっとしておぬいが悪い病を患っているのではないかと思い、

「どっか身体の具合は悪くはないか」

おぬいは怪訝な顔をしたが、

「病を患ったのは十日ばかり前です。三日ほど寝込んでお店に迷惑をかけました」

と、熱を出したことを語った。宗方がその間につきっきりで看病してくれ無事平癒したという。銀次は宗方を名医と誉めそやしてから、

「でもな、おいら、この目で見たんだよ。おぬいちゃんが庭の樫の木の前にいたところをな」

銀次は敢えてわら人形の話は持ち出さなかった。おぬいは顔色を変えるどころか、

まったく無表情になり、

「親分さん、一体、何をおっしゃっているんです。わたしにはわけがわかりません」

「いや、そうじゃないはずだ。なあ、正直に話してくれないか。別にお縄にすること
も何らかの罪に問うこともない」

銀次はおぬいの両肩を軽く揺すった。

「知りません、わたし、知りません」

おぬいは涙を滲ませた。尚も聞こうとする銀次を、

「もういいだろ」

京乃進が止めた。銀次は不満顔をしたが、おぬいの泣き顔を見るとそれ以上聞く
ことは憚られた。

「すまなかったな」

銀次は言うと両手を離した。おぬいは着物の袖で涙をぬぐった。

「念のため聞くが、この店におぬいちゃんの姉妹や親戚は勤めちゃあいないな」

銀次はひょっとしたら丑三つの女がおぬいそっくりの別人ではないのかと一縷《いちる》の
望みを託したが、おぬいは首を横に振るばかりだった。

「わかった、帰っていいぞ」

京乃進はおぬいを開放した。

「おかしいな」

銀次はさかんに首をひねった。

「おまえ、夢でも見ていたんじゃないか」

京乃進はからかうように微笑んだ。銀次はむっとし、

「そんなことありませんよ。あっしはたしかにこの目で」

自分のたれ目を指差した。

「そんなこと言ったって、あの娘、嘘を言っているようには見えなかったぞ」

「たしかに、そうなんですがね」

銀次も納得せざるを得ない。

「ま、どっちみちあの娘がわら人形を針で刺したところでどうなるものでもないさ。罪に問うこともできない。助五郎が生き返るわけでもない。死因が変わるわけでもない」

京乃進は淡々としたものだ。

「そりゃ、まあ、そうですがね。あっしは得心がいかないんで」

「おまえが得心がいかなくったっていいんだよ。それより、またぞろ、妙な考えを抱

くんじゃないぞ」

京乃進は眉根を寄せた。妙な考えとは銀次特有のうがった見方に基づいた早とちりである。この銀次という男、粗忽の銀次、粗忽の親分と評判で一旦自分独自の考えが浮かぶと暴走を始めるのだ。京乃進はそのことを恐れている。助五郎の平凡な病死が奇怪な殺人事件になりかねないのである。

「わかりましたよ」

銀次の口ぶりには明らかに不満が滲んでいた。

八

不満顔を見せる銀次に危機感を募らせた京乃進は尚も釘を刺そうと身構えたところで、

「若旦那」

と、いう声が奉公人から上がった。目をやると岩五郎の巨体が入って来た。岩五郎は銀次と京乃進に丁寧に頭を下げると奉公人を眺め回した。

「みんな、ちょっと集まってくれ」

岩五郎は沈痛な声を出した。奉公人たちが畳敷きに座った。十人ほどである。銀次と京乃進は部屋の隅にいて様子を眺めた。岩五郎は奉公人たちの前に正座し、

「みなも聞いていると思うけど、親父が死んだ」

岩五郎はここで嗚咽《おえつ》を漏らした。年配の番頭風の男からも嗚咽が漏れる。岩五郎は鼻水を啜り上げると、

「これからは、親父の跡をわたしが精一杯継いでいきたい。みんなには親父と変わらず相模屋のために尽くして欲しい」

奉公人に向かって頭を下げた。

「若旦那、いや、今日からは旦那さま。わたしたち、亡くなられた旦那さまが作られた暖簾を一生懸命に守りますよ」

番頭が言うとみなも声を揃えた。

「吉兵衛さんありがとう。みんなありがとう」

岩五郎は涙を流し礼の言葉を並べた。

「旦那さま、今日からは吉兵衛と呼び捨てになすってください」

吉兵衛は言うと、岩五郎は伏し目がちに、「吉兵衛、わかったよ」と返した。その一部始終を見ていた京乃進は、

「岩五郎の奴、しっかりしてるじゃないか」

銀次の耳元で囁いた。

「これを見たら助五郎も成仏するでしょう」

銀次の顔から笑みがこぼれた。


その晩、銀次と京乃進は一富士にいた。今晩は店が暇ということもあって豆六と伝助も一緒に小机の酒樽に座っている。

「案外、岩五郎の奴、いい商人になるかもしれんな」

京乃進はゆっくりと猪口を傾けた。

「今までは親父がいたからかえって親父を頼ってしまっていたんでしょう。親父を亡くして跡取りとしての自覚が生まれたのかもしれませんね」

銀次は京乃進に向かって徳利を持ち上げた。

「ところで、面白い話を聞いてきたんですがね」

豆六は伝助をちらりと見た。伝助も含み笑いをした。銀次は猪口を持ち上げ話を続けるよう促した。

「それが、岩五郎の奴、嫁をもらうらしいんですよ」

伝助が言うと豆六が横から口を挟んだ。

「親父が死んだんで祝言は来年ということですが、夫婦約束はするそうなんです」

「ほう、岩五郎の奴、すっかり一人前だな」

京乃進は湯豆腐を口に放り込み、「あちち」と顔をしかめた。

「で、相手は」

銀次が聞くと、

「相模屋の女中でおぬいって女だそうです」

豆六が答え終わる間もなく、

「おぬいだって」

銀次は大きく目を剝いた。

「おぬいなあ」

京乃進は曖昧に口ごもった。豆六と伝助は顔を見合わせた。

「おい、それはたしかか」

「はい」

豆六はうなずく。

「おぬいって女の素性は」

京乃進が聞いた。

「なんでも、店に出入りしている野菜売りの娘なんだそうです。もう、十年も務めていて、岩五郎は幼い頃から妹のようにかわいがっていたらしいですよ」

豆六は言った。

「ふ〜ん」

銀次は猪口を小机に置き考え込んだ。すると京乃進が危ぶんだ声で、

「おい、妙なこと考えているんじゃないだろうな」

だが、その声は銀次の耳には届かなかったようだ。それが証拠に銀次は顔を輝かせ、

「そうか、わかったぞ！」

と、叫んだのだ。

豆六と伝助はきょとんとした顔になり京乃進はうつむいた。銀次は得意げに、

「これはな、岩五郎とおぬいの企てだったんだよ」

とたんに京乃進は顔をしかめ、

「ちょっと、待てよ」

「いや、団十郎の旦那、これははっきりしてますぜ」

京乃進は横を向いた。

「いいですか旦那、岩五郎は親父が疎ましかったんですよ。助五郎は口やかましく、店をいつまでたっても譲ってくれない。岩五郎を跡継ぎと認めてくれない。岩五郎としては早いとこ、跡を継ぎたい」

たまりかねたように京乃進が口を挟んだ。

「岩五郎は親父に頼りっぱなしだったんじゃないのか。いつまでも半人前の若旦那だったんだろ」

「いや、あれは芝居だったんですよ」

「芝居ね」

京乃進は呆れ顔だ。

「それが証拠に今日の挨拶、あれは中々立派なもんでした。岩五郎の奴、助五郎の前では猫をかぶっていたんでさあ」

「なんのために?」

「親父の嫉妬を買わないためですよ。助五郎は裸一貫で相模屋を作ったという自負があります。まだまだ、若い者には負けないと思っていた。そんな親父に喧嘩を売るように自分は店を切り回す才覚があるなんてことがわかったら嫉妬されるに決まっている、って思ったんじゃねえですか」

銀次の自信たっぷりな説明に京乃進は小首を傾げた。

「それで、おぬいにわら人形を打たせたのか」

「そうです。いくらなんでも親父を直接手にかけるわけにはいかない。そこで、心の臓が悪いことを狙って脅すために呪いのわら人形を仕掛けた」

「でも、おぬいは覚えがないと言ってるぞ」

「それに関しては、おぬいがいくらしらばくれようがあっしはこの目ではっきりと見ましたから間違いありませんや。おぬいは嘘をついている。嘘をつくはずですよ。岩五郎と一緒に助五郎を脅して命を奪おうとしていたんですからね」

銀次の自信は微動だにしない。

「そんな馬鹿な」

京乃進は頭を抱えた。

「おい、明日から岩五郎とおぬいを調べるぜ」

銀次は豆六と伝助を見ると勢い良く猪口を傾けた。

九

翌日の晩、銀次は豆六と伝助を伴い助五郎の通夜に赴いた。商売人仲間とのつき合いはほとんどしなかったという助五郎だが、さすがに通夜となると大勢の弔問客が訪れていた。庭には高張り提灯が掲げられ、母屋からは読経の声が聞こえる。

助五郎の亡骸が安置された客間では黒紋付に袴を身に着けた岩五郎が弔問の挨拶を受けていた。

「こうして見ると、身体がでかいだけにさまになっていますね」

伝助が囁いた。

「だから、おれが言ったように猫をかぶっていたんだよ」

銀次は自分の考えに凝り固まっている。

「そうですかね、そうは見えませんがね」

豆六は諌めるような言い方をした。

「だからな、おめえにはわからねえんだよ」

銀次が言ったところで、奉公人から焼香を勧められた。銀次は神妙な顔つきをして客間に入った。豆六も伝助も金魚の糞のように後に続いた。岩五郎が大きな顔を向けてくる。

「このたびは、心よりお悔やみ申し上げます」

銀次が丁寧な挨拶を送り、豆六も伝助も頭を下げた。岩五郎も頭を下げる。銀次は助五郎の顔を一瞥《いちべつ》し両手を合わせると焼香を終え庭に出た。

「おい、おめえら、弔問の連中の話を聞きな。それと、おぬいの動きを見張るんだ」

「助五郎や岩五郎の評判を聞けばよろしいんで」

豆六が応じると銀次はうなずいた。

翌朝、一富士で銀次は豆六と伝助から報告を聞くべく一階に降りた。一階では豆六と伝助があくびをしながら掃除をしていた。

「おはようございます」

豆六があくび交じりに軽く頭を下げた。伝助もあくびが止まらない。

「なんだ、しまらねえな」

銀次は小机に二人を招き寄せ、

「茶を淹れてくれ。濃いのをな」

調理場に声を放った。伝助が、「自分がやります」と腰を浮かしたが、

「あいよ」

お勝がお盆に急須と湯飲みを乗せて持って来た。

「すんません」

豆六が言うと、

「豆さんも伝さんも夜遅かったんだからね。兄さんがぐうぐう寝ている間に仕事してきたんでしょ」

お勝が批難の籠った目をした。銀次は、「わかった。わかった」といなした。

「で、どうだった」

銀次は改めて問いかけた。伝助が報告しようとしたが、豆六が自分が言うとばかりに目配せした。銀次は豆六に視線を向ける。豆六は茶を一口飲み、

「まず、助五郎ですが。好々爺然とした穏やかな人柄だったようです。岩五郎には厳しかったんですが、奉公人たちへはやさしく接しておったようです。近所の評判も良く、見かけ通りの穏やかな男だったと評判でした」

「ふん、なるほどな」

銀次はうなずいたが豆六が思わせぶりな笑みを浮かべたため、小首を傾げた。

「ところが、助五郎の過去、つまり、若い頃の話となりますと一体何をやっていたか、知っている者はいないんです」

「歳を取った番頭がいるだろ。たしか吉兵衛といったなあ。吉兵衛も知らないのか」

「ええ、あの男は助五郎が相模屋を始めた時に雇い入れられたんだそうです。助五郎はどこで何をしていたのかはわかりませんが、傘問屋を開く元手五百両を稼いで今の相模屋にやって来たんだそうです。今から二十年近く前のことです。相模屋の前は別の傘問屋だったそうなんですが、主に跡継ぎがなく店を閉めようとしていたそうです。それを助五郎が買い取ったというんですね。その時に今の番頭吉兵衛は上野池之端《いけのはた》の履物問屋で手代をしていたそうです。傘問屋の商いに精通していることが助五郎に認められ番頭に雇われたそうです」

豆六は喉が渇いたのか茶を飲み干した。

「助五郎の若い頃を知る者はなし、か」

銀次は湯飲みを口に当てたままつぶやいた。

「それから、岩五郎ですが、これは中々奉公人たちの評判がいいのです。見かけはうどの大木で、実際、親父と違って目端が利くということはないようですが、おっとりと言いますか、温厚でやさしい男と奉公人たちの評判は上々です。おぬいと縁談が決まったことにも祝福の声が聞かれましたよ」

銀次は岩五郎とおぬいの共謀という考えが脳裏から離れない。

「で、岩五郎とおぬいが共謀して助五郎を殺したというおれの推量はどうなんだい」

「いやあ」

豆六は顔をしかめたが伝助はあっさりと、

「絶対、ありませんよ」

「なんだと」

銀次はむっとした。豆六がすかさず、

「親分、今度ばっかりは無理があるようです」

豆六は銀次の顔を立て、「今度ばっかり」と言ったが内心では、「いつものこと」とつぶやいてしまった。

「そうかな」

「ええ、岩五郎はあれで大した親孝行息子ですよ。それに、宗方先生のお診たてでも助五郎は心の臓の病だったって言いますからね。あの二人が助五郎を殺す目的でわら人形を仕掛けたとは、少々無理があるんじゃないですかね」

「そうは言ってもな、おぬいがわら人形を針で刺していたのは事実なんだ」

銀次は困惑の表情で腕を組んだ。

「そのおぬいですがね、特に怪しい動きはしていませんでした。かいがいしく弔問客をもてなしていましたよ」

豆六は伝助を見た。伝助もうなずく。

「真夜中にわら人形に針を刺していなかったんだな」

「ええ、もちろんです」

「ま、通夜の晩にそんな目立つことするわけないか」

銀次はまだ岩五郎とおぬいの共謀を捨てきれなかった。すると、

「親分、絶対にありませんて」

伝助の自信たっぷりの物言いに銀次はかちんときた。

「おい、おめえ、今晩もおぬいを見張るんだ」

「ええ、見張るって言いますと」

「決まってるじゃねえか。庭に潜んでるんだよ」

すると豆六が、

「かりにおぬいがわら人形を刺していたとしても、助五郎は死んでいるんですから、今更そんなことするとは思えませんよ」

銀次は黙り込んだが、

「それもそうか」

思い直したように言った。伝助は安堵のため息を漏らした。

十

翌日、銀次はそれでも岩五郎とおぬいのことが気になり、相模屋にやって来た。店先には喪中とあったが、商いは再開されていた。銀次は春風に揺れる暖簾を潜り店に足を踏み入れた。土間には傘を物色する客たちが数人いた。客たちは口々に悔やみの言葉を述べながら傘を物色している。

岩五郎を探したが、いない。おぬいもいなかった。吉兵衛に目をやると視線が合った。吉兵衛はこくりと頭を下げてやって来た。

「あいにくと、岩五郎は亡くなられた旦那の葬儀で留守にしております」

「おぬいもかい」

銀次の問いかけに吉兵衛はこくりとうなずいた。

「そうか、それもそうだな」

銀次は自分の迂闊さを思った。すると、吉兵衛が、

「あの、親分さん。昨晩、ちょっとした騒ぎがございました」

と、銀次を店の隅につれて行った。銀次の好奇心がうずいた。

「今朝になって気づいたんですがね。西洋時計がなくなっていたんですよ」

吉兵衛は顔をくもらせた。

「なくなっていたって言いますと、盗まれたってことですかい」

吉兵衛はこくりとうなずいてから、

「二階にあったんですがね」

「葬式泥棒って奴だな」

「おそらく、通夜に紛れて盗んでいったと思います。妙なことに店先に大八車が置かれていたんです。盗人はそれに乗せて持って行ってしまったようです」

吉兵衛が言うと、

「なるほどな」

銀次は目を輝かせた。

「盗人の奴、許せませんよ」

「盗人は西洋時計をその大八車に乗せて運び出したか……」

銀次は思案を巡らせた。

「旦那さまが大切になすっていたんで、手前どもも残念でなりません」

「宗方先生に買い求めてもらったそうだが」

「ええその通りです」

「値の張るものなんでしょうね」

「さあて、値は知りませんが」

「どれくらいの大きさだったのです」

「両手で抱えられるくらいでした」

「重さは？」

「漬物石くらいでしょうか」

「じゃあ、一人でも持ち運びができないことはないな」

銀次は両手で西洋時計を運ぶ真似をして見せた。

「まったく、とんだ盗人がいたもんです」

吉兵衛は顔をしかめた。

「香典泥棒ならぬ時計泥棒とは」

「油断も隙もありません」

「盗人は母屋は通夜で人が大勢いたからその隙に店を物色したんだろうな。で、値が張りそうな物といったら時計が目に入った。時計は二階にあったってことだが、どの部屋にあったんだ」

「はい、二階の客間でございます」

商談を行う部屋が二階にあるという。そこで、商談をする際に西洋時計を見せて話の種にしていたのだという。その部屋は夜になると女中たちの寝間になる。

「ふ～ん、なるほどな。でも、昨晩はお通夜だったものな。女中たちも総出で手伝いをしていた。誰もいなかったってことか。盗人には都合が良かったんだ」

銀次はふんふんとうなずいた。

「そういうことですね」

吉兵衛も賛成した。

「わかった。番屋に訴えな。おれも付き添ってやるよ」

「はい、若旦那、いや、旦那が戻り次第にそうさせていただきます。なんだか、旦那さまの形見を盗まれたようでがっかりです」

吉兵衛は肩を落とした。

「まあ、そう気を落とすことはないよ。盗人を捕らえてやれば取り戻せるさ」

「親分さん、よろしくお願い申し上げます」

吉兵衛は丁寧に頭を下げた。

銀次は思案をしながら一富士に戻った。夕暮れである。軒行灯に灯りが入れられ、妖しい明かりとなって往来を照らしていた。銀次は無言で暖簾を潜った。

「おお、戻ったか」

京乃進の声がし、横に黒の十徳姿の若い男がいる。

「おや、先生。しばらくです」

銀次は京乃進たちの前に座った。若い男は八丁堀の京乃進の屋敷に地借りして診療所を構えている医者で美濃村順道《みのむらじゅんどう》という。

「先生、このところ真面目に医者をやってなさるようで」

「あたりまえです」

順道はけろりと答えた。順道は時折、京乃進の手伝いで殺しの探索を行うことを生き甲斐としている。

「おい、おまえ、悪い考えは納まっただろうな」

京乃進が徳利を差し出した。既に目元はほんのりと赤らんでいる。声の調子から

して ほろ酔い加減だ。

「ええ、まあ」

銀次は曖昧に口ごもった。たちまち順道の目は好奇に輝いた。銀次は順道の酌を受けながら助五郎の死を語った。順道はふんふんと聞いていたが、

「それは興味深いですね」

好奇の色が濃くなった。京乃進は顔をしかめ、

「ちょっと、先生まで妙な考えを起こさないでくださいよ」

釘を刺したが、

「ね、先生、面白いでしょ。あっしゃ、おぬいの夜中の振る舞いがどうにもわけがわからないんですよ」

銀次が順道の好奇心を煽るようなことを言ったものだから、

「おい、おい。昨日も言ったじゃないか。今更、そんなこと持ち出すなって」

ところが、銀次は京乃進の言葉を無視するように、

「で、さっき相模屋に行ったら、今度は西洋時計がなくなったっていうじゃありませんか。あっしゃ、こりゃ何か関係があるんじゃないかって思いましてね……」

すると、順道の目が激しく瞬かれた。

「なるほどですね」

順道は銀次と京乃進の顔を交互に見た。

十一

「これは、おそらく催眠術ですね」

順道の言葉は銀次も京乃進も理解ができず、ぽかんとした。

「さい、なんです？」

銀次は首をひねり、京乃進は眉根を寄せた。

「眠っている人間を操る術なのです。長崎にいた頃、オランダ商館で聞いたことがありますよ」

順道は微笑みながら言った。

「へえ、そんなことができるんですか」

銀次は素っ頓狂な声を上げた。

「何か音を合図にして眠っている人を操るのです」

「すると、おぬいの行いは？」

「おそらく、催眠術を施されたのでしょう。催眠術をかけられた者は己の行いを覚えていないのです」

「ああ、そうか。それならわかる」

銀次はその合図が夜八つの西洋時計の音ではないかと言った。

「なるほどな」

京乃進は納得したようにうなずいた。

「すると、おぬいに催眠術をかけたのは」

銀次が問いかけると、

「宗方という蘭方医でしょうね」

順道はけろりと返した。

「そう言えば、宗方はおぬいが寝込んでいた時、三日間にわたって熱心に診療に当たっていたとか。その時に催眠術を施したのか」

銀次はおぬいの言葉を思い出した。

「しかし、かりに宗方がおぬいに催眠術とやらを施したとしても罪には問えないだろう。そうじゃないか」

京乃進は冷静になった。

「でも、嫌がらせにしては度が過ぎていますぜ。助五郎を怯えさせていたんですからね」

銀次は納得できないようだ。

「助五郎の死が心の臓の発作でなかったとしたら」

順道は思わせぶりに口元を緩めた。

「というと」

京乃進と銀次は同時に声を発した。

「宗方は毎日、助五郎に心の臓の薬を与えていましたね。それが薬じゃなくて石見《いわみ》銀山だったとしたら。助五郎をわら人形で脅し切ったところで石見銀山をもり、毒殺をした。助五郎の日頃の言動からすれば、ましてやかかりつけの医者の言葉であれば毒殺などと思う者はいないでしょう」

順道は静かに結論づけた。

「さすがは先生だ。そう考えれば納得できるよ。おまえの岩五郎、おぬいの共謀よりはよほどしっかりした推量だ」

京乃進が言うと銀次は面白くないように横を向いたが、

「それでは宗方の動機はってえと、助五郎に恨みを持っていたってことですか」

「まあ、それを突き止めることは親分と京乃進殿のお役目でしょうね」

順道は自分の仕事は終わったとばかりに酒を飲み始めた。

「よし、団十郎の旦那、宗方をお縄にしましょう」

「しかしなあ、推量の域を出ていない」

京乃進は落ち着けと銀次を諌めた。

「じゃあ、このまま放っておくのですか」

銀次が言うと、

「証を見つけねばな」

京乃進は猪口を飲み干した。

「助五郎の家にまだ薬が残っているかもしれませんよ。助五郎が薬を飲んだ時、宗方はその場にいなかったのですから、宗方が前の日にでも置いていったものでしょう。すると、薬は一つだけだったことはないと思います。朝、昼、晩に飲ませるよういくつか置いていったと考えるのが自然です」

順道が横から口を挟んだ。

「じゃあ、宗方に処分される前に確保しないと」

銀次は言うと、もう我慢できないとばかりに立ち上がった。

「よし、行くか」

京乃進も重い腰を上げた。

十二

銀次と京乃進は宗方の家にやって来た。相模屋と同じ山本町のしもた屋である。生垣を巡らせた百坪ほどの家だ。母屋から明かりが漏れている。

「ここは、一気に押し入った方がいいですぜ」

銀次は腰の十手を引き抜いた。京乃進もうなずく。

「ごめんください」

銀次は玄関の格子戸を開けた。

「どうぞ」

声は間違いなく宗方山鉄だった。銀次と京乃進はそのまま声のする方に廊下を歩いて行った。奥の八畳間で宗方は書見をしていた。蠟燭《ろうそく》に顔を揺らしながら銀次を振り向いた。すぐに、京乃進を八丁堀同心と認め目に光が宿った。

「夜分、すいませんね」

銀次は頭を下げた。京乃進も軽く会釈をする。

「なんですかな」

宗方は笑顔を浮かべた。

「先生に聞きたいことがあるんですよ。助五郎さん殺しの一件をね」

銀次は白い粉薬の紙包みを差し出した。宗方の目が泳いだ。

「先生が助五郎さんに煎じていなすった薬ですよ」

宗方は目を血走らせ、

「いや、薬はもう残っていなかったはずだ」

「ところが、枕元に一つだけ残っていたんだ」

銀次は十手で畳を叩いた。

「そんな、ただの薬ではござらんか」

宗方の顔は明らかに動揺で歪んだ。京乃進は紙の包みを開け、

「じゃあ、飲んでみな」

と、迫った。

「馬鹿な」

宗方は顔をそむけた。すると、その時、四つ（午後十時）を告げる時計の音がした。

「おや、いい音色だ」

京乃進が言うと、

「そうでしょ。いい音色ですよ」

銀次は襖を開け放った。そこには西洋時計があった。

「宗方山鉄、相模屋助五郎殺しの科《とが》で捕縛する」

京乃進は鋭い声を放った。

宗方はがっくりとうなだれた。銀次が縄を打とうとすると、

「助五郎は鬼です」

宗方はぽつりと語り出した。

「やっぱり、恨みを抱いていたのかい」

銀次は語調を和らげた。

「あいつは、おとっつあんとおっかさんの仇です」

「仇、おだやかじゃねえな」

「わたしは、助五郎に乗っ取られた傘問屋の倅でした」

銀次は吉兵衛から聞かされた話を思い出した。

「でも、あれはちゃんと助五郎は金を払って買い取ったんじゃなかったのかい」

「いいえ、そうじゃありません。おとっつあんは騙されたんです。助五郎に面白い儲け話があると持ちかけられた。それは博打でした。おとっつあんは借金を背負った。それを、助五郎が借金を肩代わりすると持ちかけ店を安く買い叩いたんです」

宗方は嗚咽を漏らした。

「でも、なんだってわら人形なんてことを」

「あいつをできるだけ苦しめてやろうと思ったのです。苦しめて苦しめて、その挙句に殺してやろうと」

宗方は助五郎の持病を利用すれば病死に偽装できると企てたのだった。宗方は素直に縛についた。銀次は薬を懐にしまった。

それは、石見銀山などではなくただの塩だった。相模屋には石見銀山は残されていなかったのだ。宗方は全てを回収したに違いない。仕方なく銀次と京乃進は、宗方の自白を引き出すための苦肉の策として塩を用意したのだった。銀次はそっと一口舐め、

「辛い事件だったな」

ぽつりと漏らした。

銀次は豆六、伝助を連れて町廻りに出た。つい、足を相模屋に向けた。相模屋は今では通常通りの営業に戻っていた。

「いらっしゃいませ」

店先で大きな声がした。

「岩五郎ですよ」

豆六が指差した。岩五郎は暖簾の前に巨体を立たせ、大声を張り上げている。

「まるで、別人ですね」

伝助が感心したように言った。

「親父が心配するまでもなかったってことだ」

銀次はうれしそうに頬を綻ばせた。

「これで、一安心ですね」

豆六が言うと、

「よし、傘が売れるように雨乞いでもするか」

銀次が空を見上げると、にわかに黒々とした雲に空が湧いてきた。

「親分がそんなこと言いなさるから」

伝助は顔を歪めた。と、大粒の雨が降ってきた。

「こら、たまらねえ」

豆六は手を頭上にかざした。

「よし、傘でも買うか」

銀次は往来を見回し、

「みなさん、いい傘ありますよ」

「おや、親分さん」

岩五郎が笑顔を送ってきた。

「しっかりやんなよ、二代目」

銀次は祝福する間にも雨脚は激しくなった。

なぜか雨が清々しく感じられた。

第三話　十手剝奪

一

三月になり、すっかり春めいた晩である。夜桜が馥郁《ふくいく》たる香りを放ち、優美な花びらがやわらかな風に舞っている。これで月さえ出ていれば夜桜を愛でるにはまたとない夜だ。

一富士は夜五つ半（午後九時）を迎えたところで、お勝が暖簾を取り込んだ。いつもよりも早い店仕舞である。名残惜しそうに猪口をあおる客たちを豆六と伝助が追い立てるように店から出したところで、北町奉行所定町廻り同心、牛久保京乃進が入って来た。それに合わせるように銀次が二階から降りて来る。

「おう、握り飯の用意できたか」

銀次の声はいつになく緊張感にみなぎっていた。酔客のいなくなった店内はぽっかりとした空間になり、そこに張り詰めた空気が漂った。お藤もお勝も客相手の和やかな顔とは打って変わった厳しいものになっていた。豆六と伝助はあわただしく階段を登って行った。

「集まる時刻はいつです？」

銀次は小机で京乃進と向かい合った。たれ目が緊張を帯び、目尻がわずかに震えている。京乃進は羽織を脱ぎ、萌黄色に縞柄模様の小袖を尻はしょりにした。大刀の下げ緒で襷《たすき》掛《が》けをする。銀次は既に黒木綿の小袖を尻はしょりにして襷を掛け、額には汗止めの鉢巻を施していた。

「夜四つ（午後十時）に船橋屋の裏木戸だ」

京乃進も団十郎張りの顔を強張らせている。お藤とお勝が大皿に握り飯と沢庵を載せて持って来た。

「こいつはありがたい」

京乃進の強張った頰はわずかに緩んだ。

「腹が減っては戦はできん」

銀次は緊張を解すようにつぶやくと湯気の立った握り飯に手を伸ばした。これから捕物出役が待っている。深川山本町の油問屋船橋屋に盗賊が忍び込むということを北町奉行所の隠密廻り同心がつきとめてきたのだ。

「お待たせいたしました」

豆六と伝助も身支度を整えやって来た。

「おう、おめえらも食え」

銀次に言われ豆六と伝助はがっつくように食べ始めた。

「盗人、なんて奴でしたかね」

銀次は京乃進に聞いた。京乃進は口の周りに付いた米粒を摘みながら、

「女形の瓢太《ひょうた》という盗人だ」

「女形……」

伝助が握り飯で口を一杯にさせながら豆六に視線を向けた。豆六は自分に聞かれても答えようがないとばかりに銀次に視線を送る。銀次も聞いたことがないと当惑の視線を京乃進に向けた。京乃進は銀次たちの困惑を見て取り、

「ああ、そうだったな。おまえたちには馴染みのない盗賊だったな」

と、簡単な説明を始めた。

女形の瓢太はその通称が示すように元歌舞伎役者で女形をしていた。二丁町の幕

府官許の芝居小屋中村座で役者修業をしていたが鳴かず飛ばずで八年前に辞めた。

「それから、上方に行って役者修業をしていたらしいんだが、大方、上方でもうまくいかなかったのだろう。博打にのめり込み、身を持ち崩した挙句が盗人だ」

京乃進は二つ目の握り飯に手を伸ばした。銀次は調理場を振り返り、

「おい、握り飯を追加だ。それと、酒を少々な」

言ってから、「少しばかり酒を入れた方が身体の動きが良くなるもんだ」と言い訳でもするように一人ごちた。それから京乃進を見て、

「女形と盗人、なんだか結びつかないようですがね」

「そう思うだろ。ところが、これが話を聞いてみると中々に面白いものでな、うまい手を考えたものなんだ。瓢太という男、そうだ、この男だ」

京乃進は懐中から瓢太の人相書きを取り出し小机に広げた。役者修業をしていただけあって鼻筋の通った男前である。ただ、口が小さく化粧を施したらいかにも艶っぽい女になりそうだ。銀次も豆六も伝助もしばらくぼっとしながら眺めやった。

「お待ちどうさま」

お勝が握り飯と酒を持って来た。つい、人相書きに視線を落とす。

「お勝さん、どうです。なかなかの男前だ」

伝助が聞くと、

「どうって、盗人でしょ」

お勝は目元を厳しくしながら調理場に戻った。豆六が、「くだらねえこと聞くな」と伝助の額をぴしゃりと叩いた。

「それで、女形と盗人とどう繋がるのです」

銀次は人相書きを手に取った。

「おおっと、そうだったな。それなんだがな、なにせこの瓢太、女形をしていただけあって女装しさえすれば、それはもう好い女になるらしい。実際、女に成りすます。成りすましておいて、これと目をつけた大店の旦那をたぶらかし、屋敷に入り込むって寸法だよ」

京乃進は鼻で笑った。

「なるほど、うめえことやりやがるな」

伝助が感心したように言ったものだから、またしても豆六から叱責を受けた。

「それで、今年になって江戸に舞い戻って来た。先月のはじめ、日本橋長谷川町の蝋燭問屋からその手口で五百両盗み出したんだ。で、御奉行からなんとしても捕らえよという命が下り、隠密廻りが瓢太が船橋屋に狙いをつけたことを探ってきた。船橋屋にはおれたちに協力するよう言い含めてある。今頃、瓢太は船橋屋の主、文蔵を訪ねている。それで、金を盗み出した時、お縄にするって寸法だ」

京乃進は目の前にある徳利に遠慮がちに右手を伸ばした。

「女形野郎め」

銀次は湯飲み茶碗に満たした酒をぐびりとあおった。

「先月、南町が手配中の盗人一味の捕縛に成功した。火付け盗賊改め方を出し抜いての功だ。そんなことがあったもんだから、今月は北町が手柄を立てる番だと御奉行も大そうな力の入れようだ」

京乃進は猪口を口に運び苦笑を浮かべた。

「団十郎の旦那、まあ、大船に乗ったつもりでいてくださいよ。そんな女形野郎にあっしの縄張りを汚させるような真似は絶対にさせませんぜ」

銀次は気合いをいれるように豆六と伝助に強い眼差しを送った。たれ目が釣り上がった。

「もちろんですとも」

伝助が自信たっぷりに胸を張った。

「よし、腹ごしらえは済んだぞ」

京乃進は指に付いた米粒を舐め取った。

「抜かるな！」

銀次が気合いを入れた。

「行くぞ」

豆六と伝助も立ち上がった。

二

銀次たちは船橋屋の裏木戸にやって来た。捕り方が二十人ばかりいる。同心や小者、中間が捕物装束に突き棒や刺す股を手に目をぎらつかせていた。陣笠をかぶり野袴に火事羽織を着て陣頭指揮に当たるのは与力、山城龍之介である。京乃進は指示を受けるべく、

「山城さま」

と、頭を下げた。山城龍之介は練達で知られた与力だ。

「うむ、牛久保たちは裏木戸を固めろ」

山城は緊張のあまり武者震いをした。

「かしこまりました」

京乃進が言うと銀次たちは神妙に頭を下げた。

「よし、抜かるな」

山城は二十人の捕り方の内、店の正面に半分、残りを母屋の庭に入れた。庭に面した母屋の座敷の障子から行灯の淡い灯りが漏れている。

「おい、動くな」

銀次たちは闇の中に溶け込んだ。じっと息を殺し石のように動かなかった。それから四半時ほどして、庭がざわめいた。木の枝が揺れる音がし、

「御用だ」

一斉に高張り提灯が掲げられた。しばらくして、庭から、

「堪忍しろ」

「逃げるか」

という激しい怒号が上がった。

「行くぞ」

京乃進は裏木戸から中に飛び込んだ。銀次も豆六と伝助を引き連れてそれに続く。

とたんに、京乃進が庭石につまずき前のめりに倒れた。御用提灯が揺れた。

「馬鹿、何をしておる」

山城の怒声が飛んだ。庭は捕り方が群れ、味方同士を捕縛するような様相を呈した。

「馬鹿野郎、痛えじゃねえか」

銀次は伝助に足を踏まれたと怒鳴った。しかし、そんな声もかき消されるような混乱ぶりだ。みな、必死になって瓢太を捕まえようともがいている。その内、

「勘弁してください」

か細い娘の声がした。女装した瓢太に違いない。

「逃すな」

京乃進は声の方に向かった。瓢太を捕縛しようとしたが既に獲物は逃がさないとばかりに捕り方が群れ固まっている。

「神妙にしろ」

山城が指揮棒代わりの鞭を振り上げた。捕り方の群れでできた輪が千切れた。輪の中に娘、いや、瓢太がうつむいて座っている。提灯の灯りに照らされた瓢太は艶やかな桃色地に桜の紋様が描かれた小袖に濃い紅の帯を締め、銀の花簪《はなかんざし》を挿していた。

「女形の瓢太、神妙に縛につけ」

山城は鞭を向けた。娘は顔を上げた。

「違います。わたしは瓢太などではございません」

娘は訴えかけるような声を出した。山城の隣に半纏《はんてん》に股引という棒手振りの格好をした男が近づいた。隠密廻り同心である。隠密廻りは山城の耳元で二言、三言囁いた。山城は力強くうなずくと、

「その着物にその花簪、瓢太に間違いはない。御奉行所の目はごまかせんぞ」

「違います、これは、瓢太と思われる男に無理やり着せられたのでございます。わたくしはご当家に奉公する女中でございます」

娘は必死である。銀次の胸に暗雲が立ち込めた。娘は瓢太ではなく本当に船橋屋の女中なのではないか。

「どうか、お信じください」

娘は尚も訴えかけた。

「白を切るか」

山城が詰め寄ると、

「これを、ご覧ください」

娘は着物の襟に両手をかけ、はだけようとした。男たちの面前に乳房をさらそうとする嫁入り前の娘の必死な姿に銀次は息を飲んだ。すると、

「おほほほほっ」

甲高い笑い声が闇夜を切り裂いた。声の所在をたしかめようと捕り方がざわめいた。母屋の屋根瓦から地味な女物の着物が舞い落ちてきた。

「おお」

捕り方から自然と驚きの声が上がった。次いで、屋根瓦を黒い影が走った。

「瓢太だ」

銀次が思わず叫んだ。

「おのれ」

山城が歯嚙みをしている間にも瓢太は母屋の屋根をひょいと飛び降り黒板塀を超え往来に飛び降りた。銀次は豆六、伝助を引きつれ駆け出した。

「なにをしておる、追え」

山城が捕り方を急き立てた時、

「大変でございます」

母屋から若い男が飛び出して来た。山城の出鼻を挫《くじ》くように男は駆け込んで来ると、

「兄が、兄が殺されました」

必死の形相でわめき立てた。男は主人文蔵の弟円蔵だった。山城の注意が瓢太か

ら円蔵に向いた。すぐに京乃進が、

「賊はわたしとあの連中で追います。この辺りはあの連中の縄張りですからお任せください」

と、進み出たため、

「わかった。すぐに行け」

山城は円蔵に向き直った。

「兄が」

円蔵は正体をなくし泣き崩れた。

「わかった、案内せよ」

山城は捕り方を十人ばかり、瓢太追跡に向け自らは母屋へ向かった。

銀次たちは暗闇の中、瓢太が逃亡したと思われる道を駆けた。

「呼ぶ子を鳴らせ」

銀次は豆六に捕り方へ自分たちの所在を報せようと言いつけた。

「親分、一富士の方へ逃げて行きましたよ」

暗がりから伝助の声がした。

「おれの縄張りを踏みにじるとは身のほど知らない野郎だな」

銀次は歩速を速めた。どんつきに出た。一富士の裏手だ。

「野郎、どこへ行きやがった」

伝助が言うと、

「捕り方がこの辺りを囲んでいるから袋の鼠ですよ」

豆六は落ち着いて言った。すると、どやどやとした足音が近づいてくる。捕り方だった。京乃進が率いている。

「見つかったか」

京乃進は声を励ましたが、

「いえ、まだです」

銀次は肩で息をした。それから、京乃進の指揮の下、瓢太探索が行われたが瓢太の行方は知れなかった。

三

翌朝、京乃進と一緒に銀次は北町奉行所にやって来た。正面玄関である長屋門の脇に設けられた同心詰め所に京乃進と銀次が入って行くと、同心たちはみなうつむき加減で元気がない。

「いやあ、昨晩はまいりましたね。あの女形野郎、思ったよりもすばしっこくて」

銀次は淀んだ空気を和ませようとしたが、それがかえって雰囲気を暗いものにした。みな批難の籠った目を銀次に向けてきた。銀次は、「こら、すんません」と頭を下げ京乃進を横目に見た。

「瓢太の奴、主人の文蔵までも殺したんですか」

「そうなんだ」

京乃進は場の雰囲気を慮《おもんばか》って小声で言った。

「盗んだ物は」

「金を百両ばかりだ」

「百両、意外に少ないですね」

銀次は素っ頓狂な声を出してから辺りを憚るように口を手で押さえた。

「文蔵に見つかったんだろうな。で、捕り方に包囲されたことにも気づいた。それで、女中を脅して自分が着ていた着物を着せ、百両だけ奪うと大慌てで逃げ出したってことだな」

京乃進はぼそぼそと言った。

「百両と文蔵の命を奪って行ったのですか。許せねえな」

銀次は目に怒りの炎を立ち上らせた。

「すばしこい奴だよ」

京乃進も怒りがこみ上げたのか不快そうに顔を歪めた。

「ところで、今日は山城さまからのお呼び出しですか」

「ああ、おまえはここで待っていればいいよ」

京乃進はため息を漏らした。

「こら、灸を据えられますね」

銀次はわざと明るく言ったが、それは京乃進の心を少しも照らさなかった。京乃進は顔をくもらせ、

「灸ではすまぬだろうな」

すると、詰め所にいた同心たちが町廻りに行くと称して出て行った。二人の他誰

もいなくなったところで、

「するってえとどういったことになるんでしょう」

銀次は真顔になった。

「昨晩も言ったように御奉行直々の肝煎《きもい》りだ。南への対抗意識もある。それが、賊の捕縛に失敗したどころか、瓢太捕縛に協力してくれた文蔵までも見殺しにしてしまったからには……」

京乃進の顔に暗い影が差した。

「こいつはどういったことになるんでしょうね」

銀次は持ち前の陽気さを発揮する気は起きなかった。

「なるようにしかならんな」

京乃進は口元に皮肉な笑みを浮かべた。

「ですが、責任て話となりますと、こう言ってはなんですが与力の山城さまにも及ぶんじゃないですか」

銀次は二人しかいないにもかかわらず声を潜めた。

「まあ、おれの口からは申せんがな、おれもそう思う」

京乃進が答えた時、小者が走り寄って来た。京乃進は無理に笑みを作り、

「ま、行ってくるよ」

つぶやいた。まるで、吟味の場に引き出される罪人のようだ。銀次は自分も行きたかったが、奉行所の正式な役人ではない岡っ引の身である。同心について行くことは叶わない。

銀次は京乃進の背中を見送りながら歯嚙みした。

京乃進が与力番所に入って行くと山城はいかめしい顔をして文机に向かっていた。忙しげに筆を走らせている。小者から京乃進をつれて来たことを耳打ちされ、振り返ると無言で睨み据え、自分の前に座るよう目配せした。

「失礼致します」

京乃進は静かに正座した。

「うむ、昨晩はご苦労」

山城は筆を硯箱に置き口を閉じた。京乃進の昨晩の不手際に対する謝罪の言葉を待っているようだ。京乃進は伏し目がちになって、

「昨晩は盗賊を追い詰めながら取り逃がしましてまことに申し訳ございません」

と、両手をついた。

「たしか牛久保、船橋屋の界隈は詳しいから任せよと申したな」

山城の声は妙にねっとりとしていた。京乃進は嫌な予感に襲われた。返事を返さずにいると、

「任せよと申したな」

山城はねちっこい声音で問いを重ねた。これ以上、返事を返さないことはさすがにできず、

「はい、申しましてございます」

「うむ。それ故、わしはおまえに瓢太捕縛を命じた」

「はい。さようにございました」

京乃進の額に脂汗が滲んだ。

「だが、結果はと言うと、お粗末そのものだった」

京乃進は言葉を返せなかった。山城は声に怒気を含ませ、

「よって、賊は逃亡した。北町の面目は丸つぶれだ」

「申し訳ございません」

京乃進は額を畳にこすりつけた。

「申し訳ないのは当然のこと」

「はい、いかなる処罰も覚悟しております」

「ほう、覚悟はできておると申すか」

山城は目元を緩めた。

「はい、しかと承ります」

京乃進は顔を上げ山城を正面から見た。山城は視線を一旦そらしてから、ゆっくりと戻し、

「しかし、おまえだけが責任を負うことはちと酷だな」

京乃進は山城の本音が読めず当惑した。下手に言葉を挟まない方がいいと口をつぐんだ。

「北町の同心が盗賊捕縛に失敗したとあっては奉行所の面目にもかかわることだ」

「………」

「そもそも、おまえが盗賊を見失ったのではない。おまえが使っておる岡っ引どもが見失ったのだ」

「そ、それは」

「ならば、こたびの失態、岡っ引の責任と言えるのではないか」

「いえ、あの者だけではございません。わたくしも」

「黙れ」

山城は冷然と遮った。

「よいか、その岡っ引の十手を剝奪せよ」

「ですが、あの者を使っておるのはわたくしです」

「わかっておる。おまえはしばらく謹慎だ。わかったか」

山城はもう用は済んだとばかりに文机に向かった。

四

銀次は京乃進が詰め所に入って来ると縁台から腰を上げた。

「処罰下りましたか」

銀次は無表情の京乃進を見て厳しい処罰があったことを察し、わざと陽気な笑顔を作った。京乃進は、

「ああ、ずいぶんと絞られた。ここではなんだから、外に出るか」

銀次を促した。

「わかりました」

銀次はそれ以上のことは問わず京乃進に従って詰め所を出た。長屋門脇の潜り戸を出て呉服橋を渡ると、涼やかな風が御堀から吹き上げてくる。御堀端の満開の桜が秀麗な姿を水面に映し出していた。水面は風と桜の花びらで小波が広がっている。

「近い内に花見しましょうか」

銀次は明るく語りかけた。

「そうだな」

京乃進は生返事を返すのみで足早に歩いて行く。春霞が広がる青空を鳶が舞っていた。銀次は口を閉ざし、京乃進の後に従った。京乃進は日本橋通りの雑踏を縫い横丁に入ると、

「ちょっと、早いが昼飯にするか」

太陽を見上げた。日はまだ頭上には至っていない。

「ええ、そうですね」

銀次に断る理由はない。京乃進は蕎麦屋の暖簾を潜った。まだ、昼前とあって店内には客はいない。

「ここ、いいか」

京乃進は大刀を鞘《さや》ごと抜いて小上がりの座敷に入った。銀次も黙って続き、

「盛り蕎麦を四枚」

と、調理場に声を放った。女中が茶を運んで来た。

「山城さまから昨晩の不手際につき申し渡しがあった」

京乃進はおもむろに口を開いた。

「はい」

銀次は居ずまいを正した。

「おれは、謹慎だ」

京乃進は明るい声を出した。

「それは、申し訳ないこって」

銀次は自分のせいだとばかりに頭を下げた。

「でな」

京乃進が言葉を続けようとした時に女中が盛り蕎麦を運んで来たため、会話が途切れた。京乃進は話を先送りにするように蕎麦を手繰り出した。だが、いつもは勢い良く蕎麦をすすり上げる豪快な音が今日はなりを潜めている。その蕎麦の食べ方を見ただけで銀次は悪い予感が胸一杯に広がった。

銀次も蕎麦を手繰り、食べ終わったところで、

「実はな」

京乃進は暗い顔になった。銀次は言い辛そうな京乃進を気づかうように、

「旦那、はっきりおっしゃってくださいよ。あっしにも何かお咎《とが》めがあったんでしょ」

「うむ、実はな……」

京乃進が躊躇《ためら》いがちに目を伏せると、

「はっきりおっしゃってくださいよ」

銀次は笑顔を送った。思い切ったように京乃進は顔を上げ、

「おまえの十手を剝奪せよとの申し渡しがあった」

早口だがはっきりと言った。銀次は目を泳がせた。

「あたしの十手を……」

自分への処罰があったと聞き覚悟は決めていたが、それは予想を遥かに上回る過酷なものだった。

「ああ、おまえの十手をだ」

京乃進は言ってから、「すまん」と頭を下げた。

「いや、旦那が謝ることじゃありませんや」

銀次は言ったが、言葉に力が入らない。

京乃進は唇を嚙んだ。

「そうですかい。ずいぶんと手厳しいお沙汰でしたね」

銀次は実感が湧いてこない。

「おれに力がないばっかりに」

京乃進はなんと言葉を繫いでいいかわからないようだ。

「旦那、お世話になりました」

銀次は言葉とは裏腹にぴんとこない。京乃進から十手を預けられたのは八年前のことだった。町廻りの途中、一富士に寄っていた京乃進に気に入られ、ある時一緒にすりの捕縛に成功した。かねてから、銀次を目端の利く男と思っていた京乃進は不慣れな深川の町の情報を得ようと十手を持たせたのだった。

「ま、一富士には通うよ」

京乃進は弱々しい笑みを浮かべた。

「では、これをお返し申し上げます」

銀次は居ずまいを正して腰の十手を抜くと両手で捧げ持ち、京乃進に差し出した。

京乃進は神妙な顔で受け取った。

「ほんとにすまん」

「そんな、しんみりしないでくださいよ」

「何年になるかな」

「八年ですね。あたしが二十二の時でした」

「そうだったな。おれが二十五だったよ」

京乃進は懐かしそうに視線を泳がせた。

「いろんなことがありましたね」

「そうだな」

京乃進は茶を飲んだ。

「旦那、これからもしっかり御用をなすってくださいね」

「ああ、おまえは一富士の亭主に戻れよ」

「そうですね。まじめに一富士をやりますか。お藤やお勝が聞いたら喜ぶかな、いや、今更なんだって怒るかもしれませんや」

銀次は頭を掻いた。

「そんなことないさ。おまえ、元々、包丁の腕は立つんだからな」

「ええ、腕は鈍っていませんよ」

銀次は小袖の腕を捲った。京乃進はうんうんとうなずいてから、

「ならば、これで」

と、腰を浮かした。

「旦那、瓢太の奴を必ずお縄にしてくださいね」

「ああ、任せておけ」

京乃進は寂しげな微笑を浮かべた。

五

銀次が一富士に戻ったのは夕暮れだった。昼前に京乃進と別れて以来、どこで何をしていたのかよく覚えていない。ただ、帰りがけに両国広小路辺りをぶらつき床店《とこみせ》を冷やかし酒を飲んだことを覚えているだけだ。

銀次はぼっとした顔で暖簾を潜ると、

「お帰りなさい」

伝助の陽気な声に迎えられた。

「遅かったですね。御奉行所で灸を据えられていましたか」

豆六が聞いた。銀次は、「まあな」と口ごもりながら階段を昇ろうとしたが、

「兄さん、駄目よ。今日は宴会があるの」

お勝に呼び止められた。

「何の宴会だ」

銀次は関心もなかったがつい口に出た。

「家主の藤兵衛さんが町内のみなさんと一緒に夜桜を見ながら宴を催されるのよ。昨日、言ったはずだけど」

お勝に言われ、

「ああ、そうだったな」

銀次は生返事を返すと小机に座った。酔ったのと十手を返したことによる意気消沈で身体が岩のように重い。銀次のどことなくうつろな態度に、「どっか具合が悪いの」とお勝は問いかけたが、銀次は返事をしなかったため宴会の準備に追われるように調理場に入って行った。豆六も伝助もあわただしく料理や酒を二階に運び出した。

銀次は呆然としながら座っていたが、

「あらら、義姉さん、大変」

というお勝のあわてた声でふと我に返り、

「おい、どうした」

調理場に駆け込んだ。お藤が指を押さえうずくまっている。それをお勝が心配そうに覗き込んでいた。

「ごめん、ちょいと指を切っちゃった。大したことないわよ」

お藤は笑顔を作り立ち上がった。

「見せてみろ」

銀次は言ったがお藤は、「大したことない」を繰り返すばかりだ。銀次は、

「いいから見せろよ」と無理やり手を引っ張った。

「深手じゃねえが」

お藤の左の人差し指の爪の下がざっくりと切れている。

「膏薬とさらしを持ってきな」

銀次はお勝を見た。お勝は急ぎ足で調理場を出た。

「どじだな。宴会の準備に焦っていたんだろ」

銀次はお藤の傷ついた指を舐めた。お藤は苦痛とも喜びとも羞恥心《しゅうちしん》ともつかない妙な顔をした。そこへ、

「次の料理、ああ、すんません」

伝助が飛び込んで来てその様子に戸惑った。お藤はあわてて指を引っ込めた。そこへ、

「これ、持って来たわよ」

お勝が入って来た。銀次はお藤の指に膏薬を塗り、さらしを巻いた。

「よし、これで大丈夫だ。ちょっと休んでろ」

銀次が言うと、

「駄目よ。宴会があるんだから」

お藤は再び包丁を握ったが、

「おれに任しな」

銀次はお藤の手から包丁を奪い取った。お藤は抗おうとしたが、

「おい、おら、一富士の主だぜ」

銀次の笑顔に黙ってうなずいた。お勝と伝助は、「どうした風の吹き回し」と首をひねった。だが、

「まだすか」

と、豆六の催促の言葉に急いで仕事に戻った。銀次は久しぶりに包丁を握った。前掛けも身に着ける。すると、居酒屋の主らしくなった。

――これからは、十手の代わりに包丁を持つんだ――

鰯の内臓を取りながら心の内でつぶやいた。しかし、

――みんなに話さなきゃな――

そう思うと、胸が重くなった。


どうにか料理が整い、宴会は賑やかに開かれた。調理場が一段落したところで、

「おまえさん、すまなかったね」

お藤が頭を下げた。

「何、言ってるんだよ。さっきも言っただろ。おれは一富士の主なんだって」

銀次はここで十手を取り上げられたことを言おうと思ったが、

「また、そんなこと言って、いつも捕物に夢中なくせに」

お勝に揶揄《やゆ》されたので、

「馬鹿野郎、お上の御用なんだぞ」

ついむきになって反論をしてしまった。いつもの兄妹喧嘩に発展しそうになったが、

「親分、すんません」

豆六が家主の藤兵衛が銀次も一緒にどうだと言っているという。銀次は、

「いやあ、遠慮しとくよ」

「でも、どうしてもって、藤兵衛の旦那がおっしゃってますよ」

豆六に言われると、

「そうだよ、おまえさん」

「兄さん、ご近所のみなさんと親しくしといた方がいいわよ。うちだって、これからも使ってもらいたいし」

お藤とお勝に背中を押された形になり、

「じゃあ、ちょっくら、顔を出してくるか」

銀次は前掛けを脱いで調理場を出た。

「久しぶりだったのに、鮮やかな包丁さばきでしたね」

豆六に言われ、

「あたぼうよ。おれの腕は錆ついちゃあいねえぜ」

銀次は妙に誇らしい心持ちになった。階段を昇ると賑やかな声に包まれながら、

「どうも、みなさん、今日はありがとうございます」

部屋に入ると二十人くらいの男女が飲み食いしている。みな、三好町の藤兵衛の店子だ。藤兵衛の恵比須顔が目に映ると、

「親分、こっちだ。ここへ」

　そこは藤兵衛の隣だった。銀次はもっと下座にと遠慮したが、

「遠慮しなさんな」

　藤兵衛が言い、

「そうだ、おいらたちの町を守ってくださるんですから」

　という声がかかり、銀次は町内の連中から引っ張られるようにして藤兵衛の隣に座を占めた。

「さあ、親分。駆けつけ三杯だ」

　言葉通り、銀次は立て続けに杯三杯の酒を空けさせられた。

六

「さすがだ」

　飲みっぷりを藤兵衛に囃《はや》し立てられ銀次はすっかり良い気分に酔っ払った。十手剝奪のことも忘れられた。

「親分、昨晩の盗賊どうなったんで」

大工の男が聞いてきた。たちまち銀次の脳裏から酔いが引いた。

「それがなあ、闇に紛れて取り逃がしてしまった」

「おい、ここはそんな無粋な話なんかするもんじゃない」

藤兵衛はたしなめたが、

「でも、人も殺したって聞きましたよ」

大工の女房らしき女が心配そうな顔をした。するとそれが合図となったかのように女形の瓢太に関する話で持ちきりとなった。

「そんな盗賊、うちに入ったら大変だ。怖いよ」

女房が再び身をすくませると、

「大丈夫だよ、うちになんか取られるもんありゃしないじゃねえか」

大工は言った。笑いが起き、張り詰めた空気が和んだ。それを見澄まして、

「まあ、みんな、この町内は銀次親分が守ってくださるさ」

藤兵衛の言葉に銀次は十手を京乃進に返したんだとは言い出せなくなった。それどころか、

「盗人は必ずお縄にするよ。みなさんが枕を高くして寝られるようにな」

つい、役者のようにみえを切ってしまった。

「頼もしいや」

藤兵衛が言うとみなから励ましの声が上がった。銀次はすっかり気分が良くなってしまい、

「だから、皆さんも怪しげな男、いや、女形野郎を見かけたら教えてくださいよ」

すると、

「そういやあ、盗人なんですがね」

ふと思い出したような言い方をする男がいた。飾り職人で留吉という。

「どうした、留」

銀次がきさくに声をかけると、

「いえね、昨日の晩、捕物騒ぎがしましたんでなんとなく気になりましてね、表に出たんですよ」

「酔っ払っていたんじゃねえか」

そんな野次の言葉がしたが銀次に諫められ留吉は話の続きを話した。

「それで、黒ずくめの影のようなほっそりした男が風のように目の前を駆け抜けましてね、ここの裏庭に身を隠したんですよ」

「ええ、うちの？」

銀次は小首を傾げた。

「そうです。一富士の裏庭でした。井戸の陰だと思ったんですがね」

留吉の言葉に座敷がざわめいた。

「おまえ、見誤ったんじゃないのか」

藤兵衛は念押しするように聞いた。留吉は首を横に振った。

「そうか、賊がうちの裏庭にな……」

銀次は腕組みをして思案した。たしかに、瓢太を見失ったのも一富士の近くだった。

「じゃあ、なんでその時に親分に報せなかったんだよ」

留吉を責める声が上がった。

「それが、すぐに見えなくなったんだよ。で、おいらも怖くなって。そうしたら、親分たちがどやどやって来たんで、賊はどっかへ逃げて行ったんだって思ったんだ」

「なるほどな」

銀次はつぶやいたものの考えがまとまらない。

「まあ、なんにしても親分がお縄にしてくださるさ」

藤兵衛がまとめたので銀次も、「任せな」とつぶやいて杯を口に当てた。それから、和やかな内に酒宴がお開きとなった。

藤兵衛や町内の連中が帰ると二階は嵐が去ったように静まり返った。銀次はみながいなくなってみると、十手を剝奪されたという現実が甦った。もう自分は十手持ちではないのだ。女形の瓢太がどうしようがお縄になどできるはずはない。それにも関わらず、みなの前ではつい大口を叩いてしまった。

銀次は悔しさと情けなさで一杯になった気分を紛らわせようと、残った酒を飲み始めた。すると、階段を昇る足音がし、豆六と伝助が後片付けにやって来た。

「親分、飲み過ぎです。明日の御用に障りますよ」

豆六に諭され、

「ああ、そうだな」

御用などあるはずもなく酒を飲み続けようとしたが、ふと留吉の話を思い出し、

「昨日の晩、女形野郎をこの家の近くで見失ったんだったよな」

と、問いかけた。

「そうでしたよ」

豆六は片付けの手を休めた。

「それから、女形野郎どこへ行ったんだ」

銀次は首をひねった。

「さあ、闇に紛れて」

伝助が答えたが、

「そう言えば、妙ですね。この辺りは捕り方が大勢いたんですから」

豆六は真顔になった。銀次は益々、疑念が深まった。

「お藤に聞いてみるか」

銀次は杯を飲み干すと階段を降りた。十手持ちでもない自分が盗人の行方を追うことなど、無意味な行動である。いや、そうでもない。京乃進に手柄を立ててもらえばいいではないか。階段を降りるとお勝がいた。

「賑やかだったね。町内のみなさん、兄さんが盗人を捕まえてくれるって喜んで帰って行ったわよ」

「そうかい」

銀次は軽くいなすと調理場に入った。お藤が食器を片付けていた。

「いやあ、賑やかだったぜ」

「ご苦労さま」

お藤は片付けの手を休めない。

「ちょっと聞きたいんだが、昨晩、この家の近くまで盗人を追って来たんだ」

「そうだったみたいね。ずいぶんと騒がしかったわ」

「でな、この家に入ったのを見たって者がいるんだよ」

「へえ、そうなの」

お藤はようやく手を休め、銀次を向いた。

「おめえ、気づかなかったか」

「さあ、気づかなかったよ」

お藤は一言そう漏らしただけで再び片付けを始めた。

「お勝はどうだろう」

「お勝ちゃんは昨日の晩は早くに二階で寝ていたわよ。でも、どうしてそんなことを聞くのさ」

「この家に隠れていたなんてことはないかなと思ったんだ」

「まさか、ちゃんと出入り口には心張棒を掛けておいたから、入って来られるはずなかったわ」

「そうだよな」

銀次はとうとう十手剝奪を口に出せないまま調理場を出た。

七

その晩、二階で布団に入ったが、まんじりともしない夜を過ごした。様々な思いが脳裏を過ぎったが、結局自分が十手を剝奪された女形の瓢太の一件に行き着いてしまう。

瓢太の奴、人殺しまでしやがって。許せない野郎だ。そんな男が自分のせいで野放しになっている。そう思うと、とうとう一睡もできないままに夜明け近くになった。眠気はまったく感じないどころか頭は冴え渡るばかりだ。布団から起き、手早く着替えて裏庭に出ると白々と明けたばかりの空を見上げた。

狭い裏庭がぼっと白んでいる。井戸で水を汲みうがいをした。冷たい水が緊張を高める。そのまま庭で過ごしていると、お藤とお勝が起きて来た。

「昨晩、寝られなかったみたいだね」

お藤に言われ銀次は答えを返す代わりに、

「腹減ったぜ」

と、言いながら店の中に入った。豆六と伝助もやって来て、

「おはようございます。今日は町廻りですか、それとも女形盗人の聞き込みをしますか」

豆六の問いかけは銀次の胸をついたが、

「そうだな、町廻りにするか」

町廻りなら聞き込みをするよりは十手を行使することはない。

「わかりました」

伝助は張り切った。二人の張り切りようを見ると銀次は十手剝奪を言い出せない。だが、いずれ言わねばならないことだ。このまま岡っ引のふりを続けていてもわかってしまう。そうなれば、奉行所からどんなお咎めがあるかわかったものではない。

それはわかっているのだが。

「さあ、親分。召し上がってください」

伝助が箱膳に朝餉を乗せて来た。

「おめえらも、早く飯食いな」

「へい」

豆六と伝助は張り切って食べ始めた。

銀次は豆六と伝助を伴い一富士を出た。往来で昨晩の宴席に出ていた者たちから声がかかる。

「親分、頼みますよ」

「捕まえてくださいね」

励ましの言葉を受けながら銀次は歩いた。だが、既に十手持ちではないという引け目からつい伏し目がちになる。

「親分、みんなに頼られて責任重大ですね」

伝助は誇らしげである。

「おれたちも親分の名を傷つけないようにしないとな」

豆六も言った。

銀次たちは町廻りを終え、昼前に一富士に戻った。既に、昼飯目当ての客が入っていた。豆六と伝助は手伝いを始め銀次は階段を昇ろうとした。すると、暖簾を潜って八丁堀同心が入って来た。牛久保京乃進かと思ったが、

「これは村山さま」

同心は京乃進の同僚、村山健吾だった。

「飯を食わしてもらうぞ」

村山は小机に座った。銀次は階段に足をかけたが、

「銀次、まあ、座れよ」

村山に引き止められた。銀次は断ることができず村山の差し向かいに座った。

「牛久保の旦那は」

銀次が声を低めて聞くと、

「謹慎している」

村山は顔をしかめた。

「そうでしたね」

銀次も顔をくもらせる。自分のせいだと、申し訳なさが腹の底から込み上がる。

「まあ、なんと言ったらいいか、一種の見せしめだな」

村山は言葉を選ぶのに苦労しているようだ。

「そうですかい、あっしのせいで」

「まあ、済んだことだ。おまえも気の毒にな」

村山が言った時、お藤が昼飯を運んで来た。山盛りの丼飯と豆腐の味噌汁、鰯の塩焼きが村山の前に置かれた。

「いつもうちの人がお世話になってます」

お藤は丁寧に頭を下げた。

「女将さんか。銀次の奴、気の毒なことをしたな」

村山の話に銀次は腰を浮かしてあわてて制そうとしたが、

「でも、女将さん。悪いことばっかりじゃない。銀次が岡っ引を辞めてこの店を切り盛りするようになれば、もっと繁盛するかもしれんぞ。ものは考えようだ。なあ、銀次」

銀次を励ますように言った。お藤は怪訝な顔をしたが、

「まあ、後だ。後で話すよ」

銀次は取り繕うように言い、お藤を調理場に返した。

「銀次、くじけるなよ」

村山は言うと飯をかき込んだ。銀次は打ち明ける時がきたと思った。

八

昼飯時が終わって銀次はお藤、お勝に豆六と伝助を小机に集めた。お藤だけは村

山の言葉から銀次の話を察しているのだろう。うつむき加減で元気がない。あとの連中は、「何事だろう」と不思議な顔をしている。

みなが酒樽に座ったところで、

「実はな、昨日、十手を牛久保の旦那にお返しした」

「ええっ」

伝助が素っ頓狂な声を出した。豆六はじっと銀次の次の言葉を待った。お藤はうつむいたままだ。お勝は、

「どうして黙ってたのよ」

言ってから場の沈痛な空気を感じ取り口をつぐんだ。

「すまねえ。本当は昨日、話しておくべきだったんだが、つい、言いそびれてしまってな」

銀次は頭を下げた。

「女形の盗人を取り逃がしたことの責めを負わされたんですか」

豆六が沈痛な表情を浮かべた。

「そうだ。牛久保の旦那にも処分が下った。謹慎していなさる」

「そんな、親分や団十郎の旦那ばっかりが悪いわけじゃねえでしょ」

伝助は唇を歪ませた。

「まあ、仕方ねえさ。御奉行所には面子《メンツ》ってもんがあるからな」

銀次は自嘲気味な笑いを浮かべた。

「じゃあ、これからはこの店、兄さんが切り盛りをしてくれるわけね」

お勝はわざとあっけらかんと言った。

「ああ、そうするよ」

「よかった。ねえ、義姉さん」

お勝はお藤に笑顔を送った。

「そうね」

お藤はうつむいたまま返事をした。

「おれたちはどうします」

伝助は途方に暮れたように豆六を見た。

「もちろん、今まで通りうちで働いてくれればいいわよ。ねえ」

お勝は銀次を見た。

「おまえたちがいいならだけどな。でもな、おまえたちだっていずれ岡っ引になりたくておれの所にいるんだ。だから、おれの下にいる必要はねえ。なんだったら、団十郎の旦那に掛け合って十手を持たせてくれるよう頼んでみる。豆六なら十手持ちになってもおかしくはない」

銀次の言葉に豆六は頭を下げ、

「いえ、とんでもねえ。あっしゃ、まだ修業不足だ」

「なら、誰か十手持ちの親分を紹介してもらうか」

銀次が言うと、

「いえ、あっしの親分は銀次親分だけですよ」

「あっしもです」

伝助も身を乗り出した。銀次は横を向き、

「馬鹿言ってるんじゃねえや。おれなんかより、良い親分はたくさんいるぜ。第一、おれはもう十手持ちじゃねんだからな」

目頭を押さえた。

「なんだか湿っぽくなっちゃったね」

お勝は陽気な声を出した。

「そうですよ、これじゃまるでお通夜だ」

豆六が言うと、

「もう親分じゃねえよ」

銀次は返したが、

「おれたちにとっちゃあ親分ですよ」

伝助の言葉に豆六も力強くうなずいた。

「おれからの話は以上だ」

銀次は話を締めくくろうとしたが、

「親分、女形野郎を捕まえたら十手が戻ってくるんじゃないですかね」

伝助が声を上げた。

「そうだ、そうだよ」

豆六は顔を輝かせた。

「いや、それは、どうかな」

銀次は十手を剝奪された負い目から気弱になった。

「今、女形の瓢太は大変な評判になっています。若い娘に扮して大店の旦那をたぶらかし、その屋敷に忍び込むといった手口、それに船橋屋の旦那を殺したという残酷ぶり、そらもう深川ばかりか江戸中の評判です」

「北の町奉行所は何をやってるんだって、ぬけぬけとしてやられたじゃねえかって」

伝助は言ってから、「すんません」とそれが原因で銀次が十手を剝奪されたことを思い出した。

「そんなことですから、もし、瓢太を捕まえてやればその功たるや大変なものですよ。きっと、褒美がもらえる。それだけじゃ、ありません。きっと、御奉行さまもご評価くださいますって」

いつもは冷静な豆六が熱くなった。

「そうですよ」

伝助も声を上ずらせる。

「兄さん、豆さんや伝さんがこれだけ言ってくれるのよ」

お勝がたまらないように口を開いた。お藤は黙り込んでいる。

「でも、店があるしな」

銀次は内心の喜びを隠すように言い訳めいたことを口にした。お勝が吹き出した。

「なにが店よ。今まで散々、ほっぽらかしておいて、ねえ」

お藤に言うと、

「そうね」

お藤は短く答えたに過ぎない。

「店の方はわたしたちで切り盛りするから、兄さん、盗人捕縛をやってみたら。町内のみなさんにだって約束したんでしょ」

「まあな」

「それに、このままじゃ兄さんだって気持ちが落ち着かないんじゃない」

「そうだ、お勝さんの言う通りですよ。今こそ、粗忽の、いや、三好町の銀次の岡っ引人生の全てを賭ける時なんじゃねえですかね」

豆六は力強く言った。横で伝助もうなずいている。

「岡っ引人生か……。そうだな。一つやってみるか」

銀次は胸を張った。

「そうこなくちゃ」

豆六と伝助は手を打った。

「というわけだ。もうしばらく、店の方は頼むぜ」

銀次はお藤とお勝に言った。お勝は笑顔でうなずいたが、お藤は浮かない顔だった。

九

「よし、早速行くぞ」

銀次は元気一杯になり豆六と伝助を促した。

「合点だ」

返事をしたのは伝助のみで豆六の方は、

「親分、あっしは親分とは別に聞き込みをしてきます」

銀次は拍子抜けしていぶかしんだが、

「そうだな、なにも一緒に動くことはねえんだ。なら、おれは木場、伝の字は永代寺、豆は……」

「あっしは本所の方を」

「よし、なら、頼むぜ」

銀次が言うと三人は一斉に一富士を飛び出した。お勝が、

「しっかりね」

珍しく見送りをしてから暖簾を取り込んだ。ふと、お藤に視線を向けた。

「義姉さん、どうしたの」

お藤は一瞬ドキッとした顔をしたが、

「どうもしやしないわ」

にっこり微笑んで見せた。

「それなら、いいけど」

お勝は言ったものの気になった。さっきからお藤の様子がおかしいのだ。うつむき加減に押し黙ったままである。今の笑顔も作り笑いだ。どこか、身体の具合でも悪いのだろうか。

「義姉さん、どっか身体の具合が悪いんじゃないの」

「大丈夫よ。怪我も大したことないし」

「怪我じゃなくて、身体がなんというか……」

お勝はそこまで言うと、はたと気づいたように顔を輝かせた。

「義姉さん、ひょっとして」

お勝が思わせぶりな笑みを投げかけると、お藤は戸惑ったような顔になった。

「おめでたじゃないの」

「………。おめでた？」

お勝は、お勝はお藤の帯の辺りに視線を向けた。お藤は首を横に振った。お勝は、

「わたしにまで内緒にしなくったって」

尚も問いかけたがお藤は首を横に振るばかりだった。お勝はそれでもお藤の妊娠を確信し、

「じゃあ、わたしはお使いに行ってきますね」

明るく言い残すと一富士を出た。お藤はため息を漏らすと小机に疲れたように座り込んだ。すると、裏口を叩く音がした。お藤はぴくんと背筋を伸ばした。静けさの中に戸を叩く音が妙に耳障りだった。

お藤は胸に澱のようなものを抱きながら調理場を抜け裏口を開けた。女が一人立っていた。黄八丈の着物に茶の帯を締め、丸髷に朱の玉簪を挿している。白粉がやたらと濃く、おちょぼ口を染める紅も真っ赤だった。

「もう、来ないでって言ったじゃない」

お藤は言いながらも女を店の中に迎えた。

「そんなつれないこと言いっこなしだぜ」

女の口からやくざじみた言葉と不似合いな太い声が漏れた。よく見ると喉仏が太い。

つまり、男の女装だ。しかし、女装と言っても不自然さは喉仏くらいである。厚化粧も遠目には気にならないほどだ。それどころか、楚々とした足の運びは大店の女房を思わせるほどだった。女形の瓢太である。

「あんた、わたしが今、誰の女房になってると思うの」

「ああ、ここらで聞いて驚いたぜ。おまえの亭主、十手持ちなんだってな。おれのこと追っかけていた捕り方の中にいたらしいじゃないか」

瓢太はおかしそうに言った。

「だから、もう来ないでって言ったじゃないの」

「そうだよな、自分の女房の昔の男が今評判の盗賊だったなんて知られたら大変だ。大騒ぎになるだろうぜ」

「やめて、そんなことを」

お藤は顔をそむけた。

「ああ、もうこれ以上、しつこくするつもりはないさ。いくらおれが大胆だって言っても十手持ちの女房の所へ足しげく通う度胸はねえ」

「じゃあ、出て行って」

お藤は顔をそむけた。瓢太はにやりと笑い、

「その怒ると釣りあがる目、相変わらずだな。惚れ惚れするほどだぜ」

と、お藤の顎を品定めするように摑んだ。お藤はそれを不快げに払い除け、

「もう、出て行ってったら」

瓢太が真顔になり、

「あと、一度だけつき合え」

「嫌よ」

「そうは言わせない」

「勝手なこと言わないでよ」

「これっきりだ」

瓢太は一転して哀願するような口調になった。お藤は黙り込んだ。

「明日の朝、おれは江戸を出る。奥羽へ行こうと思ってるんだ。ついちゃあ、千住宿までつき合ってくれないか」

「馬鹿、お言いでないよ」

お藤は横を向いた。だが、瓢太は構わずに、

「千住宿を出るまででいいんだ。見送りのふりをしてくれ。おれは男の姿に戻る。なあ、見送るだけでいいんだ」

「わたしを使って捕り方の目をごまかそうっていうんでしょ。そんなことできるわけないじゃない。これでもお上から十手を預かる者の女房だからね」

お藤は敢えて銀次が十手を剝奪されたことは黙っていた。

「そう、言わずに頼む。奥州へ行くんだ。もう、二度と江戸には戻らないさ。だから、本当にこれ以上の迷惑はかけない。誓うぜ」

「そんな……」

お藤はそっぽを向いた。すると、瓢太は、

「なあ、この通りだ」

土間に跪《ひざまず》き土下座をした。お藤は横を向いたままだ。

「この通りだよ」

瓢太は泣き出した。お藤にはそれが瓢太の芝居、つまり空涙だとわかっていた。わかっていたが、

「およしよ」

つい口を滑らせてしまった。そこへ瓢太はつけ込んできた。

「頼む、この通りだ」

「やめておくれよ」

お藤はきつい声をした。瓢太はやめようとしない。

「後生だ。おれを獄門台に送らないでくれ」

「ふん、勝手なことをお言いでないよ」

お藤は鼻で笑った。瓢太は立ち上がるとお藤の手を握り締めた。瓢太の手は冷んやりとしていたが、力強く握られるに従いなんとも言えない温もりが宿ってきた。それは、八年前瓢太と恋仲にあった頃を思い出させるのに十分だった。瓢太は万感の思いを目に込めた。

お藤は吸い込まれるような思いに駆られた。

「明日の明け六つに法禅寺の山門で待っている」

「だから、そんなこと……」

「待ってるよ」

瓢太は力一杯お藤の手を握り締めると踵《きびす》を返した。お藤の胸が激しく疼いた。

――行けるわけないでしょ――

お藤は自分の胸にそう言い聞かせた。

お藤は銀次への申し訳なさに胸を痛めた。銀次は自分が瓢太を匿《かくま》ったがために十手を剝奪されてしまったのだ。生き甲斐を奪ってしまったと言ってもいいだろう。このことを告げようか。

いや、告げようかではなく告げるべきだ。

しかし、告げたらどうなるのだろう。自分は銀次から離縁状を突きつけられる。当然だ。自分はそれだけのことをしたのだ。

お藤は奈落の底へ落ちていくような心持ちとなった。めまいがした。よろめきながら気を落ち着かせようと湯飲みに水を汲み一息に飲んだ。その時、またも裏口が叩かれた。びくりとした。瓢太が戻って来たのか。となると、もう中へ入れてはいけない。お藤は裏口から離れようとしたが、

「すんません、豆六です」

と、豆六の声がしたのでほっと安堵のため息を漏らし、心張棒を外した。

「どうしたの」

お藤は精一杯に笑顔を作った。

十

「どうも、すみません」

豆六は頭を下げながら入って来た。

「ま、お茶でも飲んだら」

お藤は手早く茶を淹れると小机に置いた。豆六は礼を言ってから、

「実は、お話が」

と、妙にかしこまった顔をした。お藤の胸が嫌な予感に締め付けられた。

「なに」

お藤はことさらに何気ない様子で聞いた。

「女将さん、瓢太を匿ったでしょ」

豆六はいきなり核心を突いた。お藤はどきりとし言葉を飲み込んだ。

「実は、今、さっき一富士を出て行く女を見かけました。女じゃなくて女形の瓢太でした。あっしゃ、すぐにつけましたが、法禅寺の境内で見失いました」

お藤は最早否定することはできなかった。

「そう、見たの」

「ええ、実は昨日から女将さんの様子がどうもおかしいんで気になってたんです。包丁で指を切るなんて女将さんらしくありませんよ。そればかりじゃありません。うつ

ろな目をなすって生返事とため息が多くなった。あっしゃ、こら何かあったなと思いました。で、心当たりと言えば瓢太を追いかけた捕物です。あの、晩、たしかにあっしらは瓢太を追い詰めたんです。ところが、一富士でぷっつりと行方が途絶えてしまった。そこへ持ってきて、さっき瓢太の奴が一富士の裏口から出て行った。こら、きっと何かある。女将さんに話を聞かなきゃと戻って来たってわけです」

語る豆六は辛そうに顔を歪ませた。お藤は黙って聞いていたが、

「ごめんなさい。わたし、取り返しのつかないことをしてしまったの」

目に溢れんばかりの涙を溜めた。

「瓢太と一体何があったんですか」

豆六の表情は辛さから心配へと変化した。

「瓢太は昔の男だったの」

お藤はぽつりぽつりと語り出した。今から八年前、お藤は二丁町の芝居茶屋で女中をしていた。そこへ、瓢太はよくやって来た。かねてより、瓢太の贔屓《ひいき》であったお藤は誘われるまま恋仲となった。

「いや、恋仲と思っていたのはわたしだけ。瓢太にすればほんの遊びだった。ある日、瓢太は上方へ役者修業をしに行くと言って、わたしから十両を貢がせて江戸から去っ

て行った。後で考えてみたら騙されていたんだね」

　お藤は自嘲気味な笑いを浮かべた。

「それが、昨晩突然やって来たんですか」

「偶々《たまたま》だったんだ。わたしは、神さまの悪戯を呪ったよ」

　瓢太は捕り方から逃れようと一富士の裏庭に飛び込んだ。そこへ、お藤はてっきり銀次が戻って来たと思い裏口を開けた。すると、瓢太がいた。瓢太の方もすぐにお藤に気づいた。

「その時は瓢太が追われているなんて知らなかった。思わず、店に入れた。でも、何もなかったわ。誓っていい」

　お藤は必死な顔をした。

「信じますよ」

　豆六はうなずいた。

「でも、外で捕り方の声が騒々しくて瓢太が盗人だとわかった。瓢太は捕り方が通り過ぎるまで匿って欲しいと言った。わたしはいけないことと思いつつも受け入れてしまったの。馬鹿だったわ」

　お藤はさめざめと泣き崩れた。その様子を豆六は黙って見ていたが、

「今からでも遅くないです。瓢太の居所を教えてください」

「それは」

お藤は瓢太がどこに隠れているのかは知らなかった。

「親分に手柄を立てさせてください。そうすれば、再び十手を預かれるかもしれないんですよ」

豆六は必死の形相を示した。

「そうね」

「このことは親分には言いません。あっしが突き止めたことにします」

豆六は身を乗り出した。お藤はうなずくと、

「明日の明け六つ、法禅寺の山門に来いって言われてるの」

お藤は瓢太とのやり取りを話した。

「わかりました」

「豆さん、わたし……」

お藤は頭を下げた。

「そんなことすること、ありませんよ」

「でも、わたし、あの人に申し訳ないことをしてしまった。裏切ってしまったのよ」

「まだ、間に合いますよ。瓢太の野郎をお縄にすればいいんです」

豆六は安心させるように笑顔を送った。

その晩、店を閉める時に豆六は銀次に、

「親分、明日は早朝から聞き込みに行ってきます」

「そうか、すまねえな。おれも早朝から出張れるよう仕度しておくぜ」

銀次が言うと伝助も大いに張り切った。

「じゃあ、明日に備えて寝るとするか」

銀次は大きく伸びをした。お藤が祈るような視線を豆六に送っていた。

「じゃあ、ごめんなすって」

豆六は踵を返した。

十一

翌朝、銀次が一富士の井戸端で顔を洗っていると、豆六が血相を変えて駆け込んで来た。

「親分、瓢太の野郎が見つかりましたよ」

「間違いないのか」

銀次は思わず拳を握り締めた。

「法禅寺の境内をうろついていましたぜ」

豆六は早く行こうと急き立てた。銀次は、「よし」とばかりに着物を尻はしょりにした。二人は伝助を待たず、一富士の裏木戸を飛び出した。それをお藤は万感の思いを込めて見送った。すると、お勝が横に来て、

「兄さんに話したの」

お勝はまだお藤が妊娠したと誤解している。

「話さないわよ」

「どうして、そろそろいいんじゃないの」

「だから、身籠ってなんかいないんだって」

お藤はきっぱりと断言した。お勝の目が点になった。

「身籠っていなかったの。わたしもそうじゃないかと思ったんだけどね、お産婆さんに見てもらったら間違いだった」

「なんだ、そうなんだ」

お勝は拍子抜けしたように肩をすぼめた。

「ごめんね」

「いえ、あやまるのはわたしよ。勝手に勘違いしたんだから」

お勝は自嘲気味な笑いを浮かべ店の掃除を始めた。


銀次と豆六は法膳寺の山門近くにやって来た。そっと、足音を忍ばせ柳の木陰に身を潜める。朝霧が晴れていく。山門の下には一人の旅装束の姿の男がいた。ほっそりとした小柄な男だ。

菅笠をかぶりうつむき加減で煙草を吸っていたが、

「間違いねえな」

銀次がつぶやいたように女形の瓢太であることは一目瞭然だった。豆六は黙ってうなずく。

「親分、まずあっしが近づきますんで」

「よし、おれはここで見張っている」

二人はうなずき合うと豆六が、

「ちょいと、煙草の火を貸してくれねえかい」

と、瓢太の傍らに行き、煙草入れから煙管《きせる》を取り出した。瓢太ははっとして顔を上げたが、くわえていた煙管を豆六に差し出した。

「すまねえな」

豆六は自分の煙管を近づけた。瓢太はお藤を待っているのだろう。背を伸ばして遠くを見た。豆六が瓢太の腕を摑んだ。驚きの目を向ける瓢太に向かって、

「女形の瓢太だな」

豆六は低い声を出した。とたんに、

「野郎」

瓢太は豆六の手を振り払い走り去ろうとした。すると、

「堪忍しろい」

銀次が飛び込んで来た。

「てめえら、奉行所の者か」

「誰だっていいだろ」

銀次は瓢太の腕をひねり上げた。瓢太は苦痛に顔を歪ませながら、

「てめえ、ひょっとしてお藤の亭主の岡っ引か」

銀次は思わず摑んだ手を緩めた。瓢太は素早く、腕を振り解いた。

「てめえ、なんでお藤のことを」

銀次は啞然とした。その隙に瓢太は逃げようとした。豆六は、「逃がすものか」と煙管の灰を瓢太の顔目がけて振りかけた。

「ぎゃあ」

瓢太は顔を押さえ座り込んだ。

「てめえ、番屋に来やがれ」

銀次は瓢太に縄を打った。瓢太は力なく立ち上がった。

「け、てめえの女房に裏切られたぜ」

瓢太はうめいた。

「なんだと」

銀次は詰め寄ったが、

「親分、まずはこいつを番屋へ届けましょう」

豆六に促され、うなずいた。

「つべこべ、わけのわからねえこと言ってねえで来やがれ」

銀次が怒鳴りつけた。そこへ伝助が駆けつけて来た。

「女将さんからここだって聞いたもんで」

伝助は言った。

「おい、海辺大工町の番屋まで走れ、瓢太を捕まえたから引き取りの応援に来いってな」

豆六に言われ、「合点だ」と伝助は走り出した。

「さあ、観念しなよ！」

豆六は怒鳴ったが、銀次は瓢太が言ったお藤との関係を匂わす言葉が気になるのか口を閉ざした。

「ふん、もう、どうとでもしやがれ」

瓢太は不貞腐れたように座り込んだ。すぐに、番太が数人やって来て瓢太を引き取って行った。豆六は伝助にも一緒について行くよう言いつけた。

それを柳の木陰からお藤は見ていた。お藤は一部始終を見届けると踵を返し、一富士に戻って行った。

「さあ、帰りましょうか」

豆六は明るく言った。

「そうだな」

銀次は声が沈んでいる。

「どうしたんです、賊を召し取ったんですよ」

「ああ、でもな。あの野郎、お藤のことを」

「そんな、盗人野郎の言うことなんか信用できませんよ。苦し紛れに出鱈目《でたらめ》をわめいたに決まってます」

豆六は笑って見せた。

「そうかな」

銀次は浮かない顔だ。

「そうだ、あっしは、この足で牛久保の旦那に瓢太を捕まえたことを報告に行ってきます」

「うん、頼む」

銀次は生返事を返した。お藤に裏切られた。

銀次の胸にお藤に対する疑念と怒りが黒々とした雲となって湧き上がった。

十二

銀次は一富士に戻った。裏木戸から入ろうとするとお藤が待っていた。

「おまえさん」

思いつめたような顔と重苦しい声で用件は察せられる。女形の瓢太のことに違いない。自分の方から問いただそうと意気込んでいただけに出鼻を挫かれる思いだ。しかし、つい今しがたまで胸に立ちこめていた暗雲がお藤の顔を見ただけで晴れていく。瓢太を追いかけた翌日からお藤の様子がおかしかった。包丁で指を切ったり、うつむき加減で笑顔を見せなくなった。だが、瓢太の話と今のお藤の態度でその原因はおよそはっきりした。お藤は苦悶していたに違いない。

そう思うと、お藤に対する疑念、怒りは鎮まり、代わりにいたわりと愛おしさが募ってきた。

「女形野郎をお縄にしたぜ」

銀次は笑顔を送った。お藤に笑顔はない。

「おまえさん、あたし、謝まらなけりゃならないことがあるの」

「なんだ、そんな陰気な顔をして」

「許してくれなんて言わない。でも、話さないことには」

「だから、どうしたんだよ。ひょっとして、あの女形野郎のことか」

銀次はわざと軽い調子で聞いた。お藤はこくりとうなずいた。

「ふん、昔の話なんだろ」

「八年前にね、わたし瓢太と」

お藤が話そうとしたのを銀次は遮った。

「そんな、昔のことどうだっていいじゃねえか」

「でも、いけないわ。おまえさんに隠し事をしていたんだもの」

「いいってことよ」

「でもね、わたし、この前の晩にも……。おまえさんが瓢太を追いかけた時、わたしは瓢太を匿ってしまった」

「おい、おい、馬鹿言うな。あれは、おれが見失ったんだ」

銀次はお藤の肩を叩いた。お藤は尚も言いたげに銀次を見た。銀次はにっこり笑うと、

「それより、朝飯にしてくれ。おら、腹減ったぜ」

足早に店の裏口に入って行った。お藤は銀次の背中に、

声をかけると嗚咽を漏らした。

「はいよ」

その三日後の晩、一富士は店を閉めていた。今日ばかりは客を断って銀次の祝いをするのだ。銀次は再び京乃進から十手を預かる身となったのだ。当然、京乃進もやって来た。

入れ込みの座敷に銀次は恵比須顔で座っている。座敷一杯にお藤とお勝が腕を振るった料理が並べられた。お藤の顔に笑顔が戻っている。

「いやあ、豆のおかげだ。女形野郎をよく見つけてくれたな」

銀次は上機嫌だ。

「たまたまです」

豆六は謙遜してみせたが、その顔には満足げな笑みがこぼれていた。京乃進が、

「銀次、おめでとう」

と、猪口を頭上に掲げた。お藤もお勝も今日ばかりは酒を口にしている。

「それにしても、あの弟ひでえ野郎でしたね」

伝助が言った。京乃進が、

「ああ、船橋屋の殺された主人文蔵の弟、円蔵か。そうだよ。女形の瓢太は殺しについちゃあ無実だったんだ。円蔵が文蔵から店を奪うために瓢太に罪を着せたんだ。百両も円蔵の仕業だった」

「つまり、親分は女形の瓢太捕縛と文蔵殺しの真の下手人までも上げる働きをしたってことになったわけですよ」

伝助が言うと、

「これで十手が戻ってこなかったらお上に見る目がないってことですよ」

豆六は良い加減に酔っていた。

「でも、一度はこの店を本腰を入れてやろうと思ったんだぜ」

銀次はお藤とお勝にたれた目をやった。

「その気持ちだけで十分よ。どうせ、兄さんはじっとしていられやしないんだから、ねえ、義姉さん」

「そうね、おまえさんには包丁より十手がお似合いよ」

お藤は穏やかな笑みを浮かべた。

「そんな、親分に惚れなすったんですね」

酔った豆六につっこまれ、お藤の頰が赤らんだ。

「銀次、いい女房を持ったな」

京乃進は丼に酒を注ぐと銀次に飲み干せと迫った。銀次は一息に飲み干して見せ、

「深川一、いや、江戸一の女房ですよ」

お藤は、「よしてよ」と言いながらも笑顔を弾けさせた。

すると、またも豆六が高らかに声を放った。

「天下一の女将さんですよ」

一富士は和やかな笑いに包まれた。

第四話　法螺《ほら》から出た真《まこと》

一

三月も終わりに近づき、葉桜の時節を迎えていたというのに冬に戻ったかと思うほどの寒い日のことだった。

銀次は風邪をひき一富士の二階で寝ている。お藤やお勝からは鬼の霍乱《かくらん》だと揶揄《からかわ》れたが、怒る気力もなく息も絶え絶えのありさまだ。それでも、何かを口に入れなければ、と、どてらを着込み布団にあぐらをかいて卵酒を啜った。気分を紛らわせようと窓を開けると、亥の堀に沿って植えられた葉桜から残り少ない花びらが風に乗って部屋に舞い込んでくる。

銀次は卵酒を飲み終え、ふうと頼りなげな息を吐いたところで伝助が階段を登って来た。

「親分、どうぞ」

土鍋に入った粥《かゆ》に梅干を添えて差し出した。銀次は腫れぼったい顔を歪ませ、

「食いたくねえや」

「駄目ですよ。食べないと。身体がもちませんよ」

「わかってるよ」

銀次のたれ目は釣り上がることなく下がったままだ。

「でしたら、召し上がってくださいね」

「それより、酒を頼む」

銀次は額に右手を当てた。身体のだるさは抜けないが熱はずいぶんと下がったようだ。もう一眠りすれば平癒するだろう。ぐっすり眠るには酒が一番だ。

「酒なんて持って来たら女将さんやお勝さんに叱られますよ」

伝助は首をすくめ階段を見た。

「だから、こっそりと知られないように持って来ればいいだろ」

銀次は億劫そうに顔をしかめた。

「でも、見つかると怖いですよ」

「いいから、取って来いよ。風ひいた時はな、酒飲んで眠るに限るんだ」

銀次が怖い顔をしたので伝助もこれ以上逆らうわけにはいかず、頭を掻きながら階段を降りた。銀次は布団にごろりと横になった。のどかな鳥の囀《さえず》りが聞こえてくるが、眠りの妨げにしかならない。

それでも目蓋を閉じるとうっつらとしてきた。そのまま眠りに落ちようとした時に階段を慌しい足音がした。銀次は寝返りをうち、

「おい、もうちょっと静かに上がって来いよ」

「すんません、見つかりそうになったもんで。早く飲んで寝てください」

伝助は徳利を差し出した。

「ああ、寝るよ」

銀次は徳利ごと一息で酒を飲み、

「じゃあ、一眠りするか。豆と町廻りを頼むぜ」

布団を頭からかぶった。伝助は空の徳利を袂に隠し階段を降りた。

豆六と伝助は一富士を出て亥の堀沿いを横川に向かって歩いて行った。

「親分が寝てなさると平穏ですね」

伝助は妙な物言いをしたが、

「まったくだな。いい日和だ」

豆六は肩に付いた桜の花びらをそっと払った。すると、前方から棒手振《ぼてふ》りが血相を変えて走って来る。納豆売りの蛾次郎《がじろう》だった。

「大変だあ！」

蛾次郎は豆六と伝助の前で天秤棒を置いた。

「どうした」

豆六は蛾次郎を落ち着かせようと半纏の袖を掴んだ。

「燃えてるんだ！」

蛾次郎は落ち着くどころか目を剥いて大仰な身振りでわめきたてた。

「何処がだ」

伝助が泡を食って口をぱくぱくと動かした。

「あっち」

蛾次郎は横川の方を指差した。

「あっちじゃわかんないよ」

伝助は背伸びをしながら蛾次郎が指差す方向を見た。

「あそこです。あそこの角の豆腐屋の勝手です」

蛾次郎は訴えかけた。伝助は、「よし」と一目散に走り出した。蛾次郎も続く。豆六は顔をしかめ黙って見送るばかりで行動を起こそうとはしなかった。

伝助は豆腐屋に飛び込むなり、

「おい、おめえの家、火事になってるじゃねえか」

主人らしい男が顔をきょとんとさせた。

「勝手だよ。勝手から火の手が上がってるんだ」

伝助は言ってから、「ええい、めんどうだ」と店を突っ切り奥へ入った。土間が広がり勝手になっている。女房と思しき女がへっついに屈んでいた。

「なんだ、火事なんて何処にもねえじゃねえか」

伝助はぽかんとした。すると背後で、

「はははっ、あわてもんだな」

蛾次郎の笑い声が聞こえた。

「この野郎、担ぎやがったな」

伝助は蛾次郎に詰め寄った。蛾次郎は涼しい顔で、

「担いでないよ」

「おめえ火事だって言ったじゃねえか」

「そんなこと言ってないよ。おいら、豆腐屋の勝手が燃えているって言ったんだ」

「だから、それが火事だっていうんだよ」

「おいら、へっついのことを言ったつもりだったんだけどな」

蛾次郎はとぼけた顔でへっついを見た。へっついの火は燃え盛り、鍋が湯気を立てていた。

「けっ、舐めたこと抜かしやがって」

伝助は殴りかからんばかりに頬を赤らめた。すると、

「おい、やめとけ」

豆六がやって来た。

「でも、兄貴」

伝助は口を尖らせたが、豆六は首を横に振って伝助を諌めた。

「粗忽の親分さんは子分さんも早とちりでいらっしゃいますね。人の話はよく聞かないといけませんや。では、商いがありますんで」

蛾次郎は悪びれる風もなく納豆の売り声を上げながら勝手口から出て行った。

「まったく、舐めた真似しやがって」

「法螺吹き蛾次郎だぜ。担がれたおめえも間抜けだよ」

豆六はにんまりとした。

「そら、あっしも悪いが、それにしても人騒がせな野郎だ。それに親分を粗忽だなんて……。許せねえ野郎だ。今度ほらなんて吹きやがったらただじゃおかねえ」

伝助は腹立たしさを紛らすために歯噛みした。

豆六が言ったように納豆売りの蛾次郎は近所で評判のほら吹きだった。法螺を吹いてはそれに引っかかる人間を見て面白がっているのだ。

「今度、法螺吹きやがったら承知しねえ」

伝助は決意するようにもう一度つぶやいた。

二

その晩、店を閉めようとした時、銀次が二階から降りて来た。

「駄目よ、寝ていなきゃ」

お勝は暖簾を取り込んだ。

「もう、大丈夫だよ。熱は下がったしずいぶんと楽になった」

銀次は言うと小机に置いてある酒樽に腰を下ろした。

「兄さん、治りかけが大事なんだよ」

「なら、酒をもらうとするか。酒は百薬の長ってくらいだからな」

「なに言ってるのよ。もう、看板ですからね」

お勝は口を尖らせた。銀次は伝助をつかまえ酒を持って来るよう言いつけた。調理場でお藤が、

「一本だけだよ」

と、燗酒を伝助に持たせた。

「おお、すまねえ」

銀次はあくびを漏らしながら受け取った。豆六が気を利かして湯豆腐を持って来た。

銀次が猪口に酒を注いだ時、

「大変だ！」

大きな声とばたばたとした足音が近づいて来た。

「兄貴」

伝助は豆六を見た。豆六は、「蛾次郎だな」と苦笑を漏らした。銀次は、

「どうしたんだ」

二人に視線を向けた。伝助が朝方の火事騒ぎを説明しようとしたところで、

「親分、大変だ」

蛾次郎が飛び込んで来た。髷が乱れ、半纏の襟ははだけて肩で息をしている。銀次は猪口を小机に戻し、

「法螺吹き蛾次郎が何の用だ」

からかい半分に問いかけた。蛾次郎は額の汗を半纏の袖で拭うと、

「殺しだ。人が殺されていたんだ」

目を真っ赤にした。たちまち、伝助の頬にも赤みが差した。

「てめえ、いい加減にしろ」

蛾次郎は伝助に気づいた。

「本当なんだ」

「馬鹿野郎、一日にな、二度も引っかかるほどこっちは薄ら馬鹿じゃねえんだ」

伝助は蛾次郎の襟首を掴んだ。お藤とお勝が心配そうな顔を向けてくる。銀次が調理場にいろと目で言った。二人はそのまま引っ込んだ。

「今朝は悪かったよ。でも、今度は本当なんだ」

蛾次郎の目は真剣そのものだ。

「その手は食わねえよ」

伝助と蛾次郎が押し問答をしている間、銀次は豆六から今朝の火事騒ぎの説明を受けた。

「いいか、おればっかりか三好町の銀次親分を騙そうなんて了見、絶対許さねえぞ。お縄を受けないうちに、とっとと帰りな」

伝助は蛾次郎の胸を両手でついた。蛾次郎は店の外に弾き出された。

「けっ、法螺吹き野郎め」

伝助は戸をぴしゃりと閉めた。ところが、

「親分、本当なんです」

蛾次郎は戸を激しく叩いた。

「しつけえぞ」

伝助は戸を開け罵声を浴びせた。それでも、

「親分、殺しなんですよ。嘘じゃありません」

蛾次郎はすがるような目を向けてくる。伝助は再び突き飛ばそうとしたが、

「中へ入れてやれ」

銀次は伝助の腕を摑み、蛾次郎に入るよう促した。伝助は戸惑いに目を泳がせた。

「親分、どうせ法螺に決まっていますよ」

「それにしちゃあ、あの顔はただ事じゃないな」

銀次が言うと尚も伝助は抗おうとしたが豆六に袖を引かれ口をつぐんだ。

「まあ、入りねえ」

銀次に言われ蛾次郎は身を縮めながら入って来た。

「で、どうした」

銀次は蛾次郎の緊張を解そうと笑みを送った。

「殺しなんです。殺しがあったんです」

蛾次郎は唇を震わせた。

「何処だ」

銀次は病み上がりのせいかいつものせっかちな調子はなりを潜めている。それが十手持ちの貫禄を窺わせた。そんな銀次に蛾次郎は頼もしげな目を向け、

「島崎町のしもた家です。そこの庭で人が殺されていたんです」

「どうせ、法螺ですよ」

伝助が横から口を挟んだ。銀次は、「黙ってろ」と目で言っておいて、

「案内しな」

蛾次郎を促した。蛾次郎は大きく首を縦に振った。豆六は不貞腐れている伝助の袖を引き一富士から飛び出した。お藤とお勝は顔を見合わせ、どうなることやらと囁き合った。

銀次たちは蛾次郎の案内で島崎町へ向かった。星空が広がっているが月は出ていない。豆六と伝助が提灯で足元を照らしていた。島崎町は亥の堀沿いの道を進み横川に至ると左手に曲がった町地の一角である。

「その横丁を入ったところです」

蛾次郎は指差した。横丁を入るとすぐの右手に生垣があった。生垣越しに狭い庭と二階建ての母屋が見える。柿の木が枝を生垣越しに往来にまで伸ばしていた。庭は森閑とした闇の中にある。

「何処だ」

銀次が聞いた。豆六と伝助が提灯で庭を照らした。闇の中に提灯の灯りが淡く滲んだ。だが、真っ黒な土が広がるばかりだ。

「柿の木の下です」

蛾次郎は恐怖が甦《よみがえ》ったのか声を震わせた。

「柿の木の下……」

銀次は目を細めた。

「ですから、あの柿の」

蛾次郎は木戸を開け中に入ろうとした。それを、

「おい、人の家だぞ」

伝助が乱暴な仕草で蛾次郎の半纏の袖を摑んだ。

「じゃあ、おれが入るよ」

銀次は木戸を開け庭に足を踏み入れた。視線を落とし柿の木に歩いて行く。

「提灯を持って来い」

結局、みな家の中に入った。提灯の灯りが火の玉のように揺れた。しばらく柿の木の周りや庭全体を探したが、

「けっ、やっぱり法螺話じゃねえか」

伝助が怒りを露にしたように死体など何処にもなかった。

三

「本当です。おいら今度という今度は嘘も法螺《ほら》もついちゃいねえんです」

蛾次郎は声を振り絞った。

「てめえ、いい加減にしろよ」

伝助は詰め寄った。

「信じてください」

蛾次郎は訴えた。

「いい加減にしろって言ってるんだ」

伝助は怒りの鉄拳を蛾次郎の頬に放った。蛾次郎の身体が闇に転がった。豆六が、

「おい、やめろ」

尚も摑みかかろうとする伝助の腕を取った。すると、母屋の玄関の格子戸が開き、

「なんですか」

暗がりからしわがれた声がした。声に怒気が含まれていることはその短い言葉からも十分に感じ取れた。

「こら、失礼しました」

銀次は声のする方に歩み寄った。闇の中でごそごそと身構える音がする。

「あたしは三好町で十手を預かってます銀次っていうもんです」

「ああ、一富士の親分か」

銀次の素性を知っていることから安心したのか声音が落ち着いた。

「そうです。失礼ですが旦那はどちらさんで」

「わたしは木場の材木問屋、永田屋の隠居で清兵衛《せいべえ》といいます」

「永田屋さんのご隠居で。これは、失礼しました」

「親分、これはどうした騒ぎですな」

清兵衛は落ち着いたものの不快感を露にした。当然だろう。夜中に許可もなく自分の家の庭先で騒がれているのだ。

「いえね、ご隠居の家の庭で人が殺されているのを見たって奴がいましてね」

銀次が言うと、伝助は蛾次郎の袖を引っ張って来た。

「こいつです」

伝助はまるで罪人を番屋に突き出すように蛾次郎を清兵衛の前に立たせた。蛾次郎は清兵衛の貫禄に威圧されたように、

「おいら、見たんです」

蚊の鳴くような声でつぶやいた。

「家でか」

清兵衛は穏やかだが威厳たっぷりの声で聞き返した。

「柿の木の下で人が殺されていたんです」

蛾次郎は柿の木を指差した。

「柿の木の下……」

清兵衛は柿の木に向かった。豆六と伝助が足元を提灯で照らした。だが、清兵衛が近づいたからといって俄《にわ》かに死体が出てくるわけはない。

「亡骸なんかないが」

清兵衛はいぶかしむように首を捻った。

「そうでしょ」

たちまち伝助が応じた。

「でも、たしかに見たんです」

蛾次郎の声は最早、悲鳴になっている。

「しかし、ないものはないいんだよ」

伝助が言うと豆六は提灯を持ってしゃがみ込んで地べたを見回した。

「血の跡もありませんね」

「亡骸の様子はどうだった」

銀次が聞いた。

「うつ伏せに倒れていました。暗がりでよくわからなかったんですが、木綿の着物を着流していて、前掛けをしていたと思います。店者風でした」

「それじゃあ、酔っ払いが酔いつぶれていたんじゃないのか。しばらく、ここでぶっ倒れていたが酔いが覚めて正気に戻って立ち去ったんだ」

豆六が言った。

「いえ、違います。首には紐が巻かれていました。顔が苦しげに歪んでいました。あれは、絞め殺されていたに違いありません」

「また、そんなほらを抜かしやがって」

伝助が気色ばんだ。

「本当なんです。おいら、死んでいることをたしかめて親分の所へ駆け込んだんですから」

蛾次郎は銀次に訴えた。

「しかし、亡骸なんぞないということはどういうこったろうな。豆六が言ったように酔っ払いだったのか……。ご隠居、何か気づきませんでしたかね。物音とか人の声とかですがね」

銀次が聞くと清兵衛は、

「知らん。聞いていない」

にべもなく跳ねつけた。銀次は下手に出て、

「寝ていらしたから聞こえなかったんですかね」

たちまち、

「寝間にはおったが寝てはおらん。起きておったが聞いていない」

清兵衛はむきになって返した。すると伝助が、

「やっぱり、こいつが亡骸を見たなんて出鱈目なんですよ。親分、こんな奴のこと言うことを信じちゃ駄目です」

その怒りに震えた声を聞けば、よほど今朝の一件を腹に含んでいることがわかる。

銀次はそれを無視し清兵衛に向かって、

「夜分、お騒がせした上にこんなことお願いするのは心苦しいのですが」

「なんですな」

「お宅の中を見さしていただくわけにはいきませんか」

銀次の言葉を清兵衛は鼻で笑ったが、

「ま、いいでしょう。家にはわたしと家内がいるだけです。家内はもう休んでいますから、起こさないでくださいよ」

「すみません。できるだけ、そっとやりますんで」

銀次は豆六と伝助を連れ母屋に向かった。玄関に足を踏み入れた時にくるりと振り返って、

「おめえは、終わるまで庭で待ってろよ」

蛾次郎に声をかけた。伝助も、

「逃げるなよ」

一睨みしてから家の中に入った。

家は八畳の寝間と十畳の居間、六畳の仏間それに納戸、勝手があった。母屋の裏手に土蔵と風呂がある。銀次は豆六と伝助と手分けして中を検《あらた》めた。寝間には銀次が清兵衛と一緒に足を踏み入れた。行灯の淡い灯りに布団が人の形に盛り上がっているのが見えた。背を向け、枕に丸髷に結った頭が乗せられている。

「家内です」

清兵衛は女房を起こさないように囁いた。銀次は黙ってうなずいた。夜目を凝らして見回したが、不審な点は見つからない。

「ご隠居はこの部屋にいらしたんですね」

「そうです」

二人は囁き合った。なるほど、ここにいると庭に人が立ち入れば物音が聞こえそうだ。現に庭にいる蛾次郎の落ち着きのない足音が聞こえてくる。銀次はそれだけ確認すると音を立てないように襖を閉め、他の部屋に足音を忍ばせた。

母屋、風呂、土蔵残らず調べたが、死体など何処にもない。怪しい男の姿もなかった。

「ね、法螺だったんですよ」

伝助は手柄を自慢するように言った。

「ふ～ん」

銀次は心に引っかかるようだ。

「親分、よろしいかな。そろそろ、休みたいのだが」

清兵衛はあくびを漏らした。

「とんだお邪魔をしました。これで、失礼致します」

銀次は頭を下げた。

「まったく、あの野郎いい加減なことを言いやがって」

伝助は吐き捨てた。銀次たちは玄関から庭に出た。蛾次郎が待っていた。

四

「おい、てめえなあ」

伝助が摑みかかろうとしたので、

「やめな」

銀次は伝助を引きとめ、

「おめえらは、帰れ」

「親分はどうなさるんで」

豆六が聞き返すと、

「おらあ、こいつの話をもっと詳しく聞く」

すると蛾次郎は首をすくませ、

「親分、番屋へ行くんですか」

伝助は何か言いたそうだったが豆六に促され一富士へ向かった。

「さて、もっと詳しく話を聞くか」

銀次は蛾次郎を見た。

「親分、番屋は勘弁してください。おいら、本当に嘘なんかついていません。本当です。信じてください」

蛾次郎は必死である。銀次は蛾次郎の肩を叩き、

「番屋じゃねえ。おめえの家まで行くんだ」

「ええっ、おいらの家ですか」

「そうだ。この近くだろ」

「はい、石島町の長屋です」

「なら、行くぞ」

二人は濃い闇の中、横川に沿って来た道を戻ると大栄橋を渡り、蛾次郎が住む長屋に向かった。

「ここです」

蛾次郎は九尺二間の棟割長屋の一軒の前に立った。人気はなく夜風が腰高障子を

かたかたと揺らしている。

「親御さんはいるのかい」

「おっとおは二年前に死んじまって、今はおっかあと二人で暮らしています」

「じゃあ、おふくろさんを起こしてしまうな」

「大丈夫です。もう寝ていますよ。おっかあは病がちで昼間でも寝ていることが多いです」

蛾次郎は戸をゆっくりと開けた。真っ暗闇の中にかすかな寝息が聞こえる。夜目に慣れてみると四畳半の板敷きの隅に布団が敷かれ、寝息はそこから聞こえていた。

銀次は上がり框《かまち》に腰掛けた。蛾次郎も並んで腰を下ろす。

「親分、おいら本当に見たんだ」

蛾次郎は口を開いた。

「おめえ、なんだって永田屋のご隠居の家にいたんだ」

銀次は蛾次郎の母親が目を覚まさないよう声を低めた。蛾次郎はしばらく黙り込んでいたが、

「おら、いけねえことしてます」

ぼそぼそと言葉を返した。

「まさか、盗人をしようとしたのか」

銀次は声を高めそうになり、あわてて口を右手で押さえた。

「いえ、そうじゃありません。ネタを拾っているんです」

「ネタだと？」

「ええ、面白いネタがあると瓦版屋が買い取ってくれるんです」

「ふ～ん、そんな商売があるのか。で、おめえ、ネタを探して夜中にあちこち動き回っているのか」

「はい、金を稼がないといけません。おっかあに絹の布団を買ってやると約束したもんで」

暗がりの中にあっても蛾次郎が恥ずかしそうにしているのがわかった。

「そうかい、親孝行は誉めてやりたいが、そんな手段で金を稼ぐのはやめた方がいいな。人の暮らしに立ち入って、他人に知られたくないことを商売にするなんてのはいいことじゃねえ」

「そうですね、そう思います」

蛾次郎はうなだれた。

「ま、それはひとまず置いておくとするか。それで、ネタを拾うためあの辺りをほっつき歩いていたんだな」

「そうです。あの辺りは大店のご隠居や芸者、常磐津の稽古所なんかがあって色々と面白い話を仕入れられるんです。特に夜になりますと、常磐津の女師匠の家に大店の若旦那が通ったり、妾に囲っている芸者の家に通って来る旦那方、とネタ拾いには格好の場所なんですよ」

蛾次郎は言ってから、「申し訳ございません」と頭を下げた。銀次は呆れたように舌打ちした。

「あのご隠居の家を覗いたってのはどういう理由なんだ」

「清兵衛さんは正直清兵衛なんてあだ名されるくらいの評判のお人なんです。そんな、お人に、何か後ろめたいネタがあったら瓦版屋が高く買い取ってくれるんじゃないかと思ったんです」

「おめえ、趣味がよくねえな」

銀次は顔をしかめた。

「すんません。でも、親分だって瓦版を読むでしょ」

「そら、まあ、読むが」

銀次は口ごもった。

「まあ、だからっていいことじゃありませんよね」

蛾次郎は自分の頬を拳で打った。銀次は気を取り直し、

「しかし、妙なもんだな。おめえは亡骸を見た。ところが、亡骸は消えていた。清兵衛さんは庭でどんな物音も聞かなかったと言っている。首を絞めて殺されたとしたら何か物音や人の声がするはずだ、おれも清兵衛さんがいたっていう部屋に入ってみたが、庭の物音はよく聞こえた。おまけに、おめえも言ったように正直清兵衛なんて評判のお人だ。おれの目から見ても嘘をついているとは思えなかった」

「でも、おいら、本当に見たんです」

「でもな、死体が忽然と消えてしまったんだ。おめえがおれを連れ帰るまでの間、ものの四半時も経っていないだろう」

「それはそうです」

「柿の木の下に倒れていた男の首には紐が巻かれていたんだな」

銀次は念押しをした。

「間違いありません」

蛾次郎は心持ち大きな声を出した。すると、母親うめの身体がもぞもぞと動いた。

次いで、

「蛾次郎かい」

しわがれた声がした。

「ああ、今、帰ったところだよ」

蛾次郎の声は慈愛に満ちていた。

「誰かいるのかい」

うめはごそごそと上半身を起こした。銀次が、

「すんません、ちょいと、息子さんの仕事仲間です」

「そうなのですか」

暗がりにうめが頭を下げたのがわかった。

「おっかあ、かまわねえから、寝ていろ」

「ああ、そうさせてもらうよ」

「今に絹の布団買ってやるからな。そうしたらぐっすり寝られるぞ。良い夢が見られるぞ」

「そいじゃ、絹の布団にくるまった夢を見るよ」

もぞもぞと衣擦れがしたと思うと寝息が聞こえた。銀次には蛾次郎のほらが心地よく聞こえた。

「わかった。あとは任せな。おれが調べてやる」

銀次は蛾次郎の家を後にした。

五

翌日、銀次は豆六と伝助をつれ町廻りに出た。寒さが去って暖かな日差しを浴び、平穏な深川の町の様子にほっとしているのは子分たちばかりで、銀次の胸の内は昨日の蛾次郎の騒動で一杯だ。伝助は昨晩、蛾次郎に悪態を吐いたことで鬱憤が晴れたと見え、今日の天気のように晴れ晴れとした顔をしている。ところが、銀次に、

「おう、昨晩のご隠居の家に行くぞ」

言われるとたちまち、

「親分、あんな野郎の法螺話、まだ気にしてなさるのですか」

伝助は顔をくもらせた。

「ああ、ちっとばかりな」

銀次は横川の水面を眺めやった。荷船が行き交い、小波が立っている。澄み切った水は黒々とした水底を映し出していた。

「やめときましょうよ、時の無駄ですよ」

　伝助は言ったが、

「おい、親分が言ってなさるんだ」

　豆六に諭され、

「わかりましたよ」

　伝助はいかにも不承不承といった様子でうなずいた。銀次は、「行くぜ」と横丁を入って行った。すぐに、清兵衛宅の生垣が見えた。日差しの下で見ると柿の木の緑がくっきりと目に鮮やかである。

「見てくださいよ、平穏そのものだ」

　伝助に言われるまでもなく、庭は掃除が行き届き、雀が三羽群がっていた。もちろん、死体もその痕跡すらもなかった。すると、

「おお、これは親分」

　清兵衛が姿を現した。妻と思しき老婆と一緒である。二人は縁側の陽だまりに腰を下ろしていた。その仲睦まじげな様子はやわらかな日差しに相まって平穏さを際立たせている。

「へへ、昨晩はとんだご無礼を」

銀次が頭を下げると伝助も豆六も頭を下げる。

「いや、どうぞお気になさらず」

清兵衛は笑みを深めた。その表情からは嘘をついている様子は微塵も感じられなかった。清兵衛は妻をいたわるように、「風邪をひくといけないから」と母屋の中に入った。

銀次は清兵衛の家を後にした。

「あのご隠居、木場では正直清兵衛なんてあだ名されているようですよ」

豆六が言うと、

「正直清兵衛ですか、こらいいや。ほら吹き蛾次郎とは正反対だ」

伝助はおかしそうに肩を揺すって笑った。

「正直清兵衛な……」

銀次の考え込んだ様子に、

「まさか親分、清兵衛さんのことを疑ってなさるんですか」

伝助の口調は抗議じみたものになった。

「疑っちゃいないさ。あのご隠居は本当のことをおっしゃってるんだろうぜ。だがな、おらあ、蛾次郎も嘘をついたとは思えないんだ」

「まだ、そんなことをおっしゃってるんですか。蛾次郎の奴が嘘を言っているに決まっているじゃありませんか」

伝助が言うと、

「あいつはほらは吹くが嘘つきとは思わねえんだよ」

銀次は昨晩、蛾次郎の家で見た孝行ぶりを口にした。豆六も伝助も意外な顔をしたが、

「ほら吹きだけど嘘つきじゃないってどういうことです」

伝助は真面目な顔で聞いた。

「そら、なんて言うか、ほれ、違うんだよ。ほらと嘘は、なあ、豆」

銀次は豆六に振った。豆六は、「そうです」とうなずいた。

「どう違うんです」

伝助は豆六に話題を向けた。

「説明してやれ」

銀次はむずかしい顔をした。豆六は困った顔をしたが、

「うまくは言えねえが、ほらってのはどこかおかしみというか無邪気というか遊びのような心持ちがするだろ」

「そうですかね」

伝助は火事騒ぎを思い出した。

「ああ、おまえにとっては腹立たしいことだったかもしれないが、他人から見ればおかしなものだ。おまえだって、それで害を受けたわけじゃない、そうだろ」

「そりゃそうですがね」

伝助は顔をくもらせた。豆六はにこやかに、

「ところが嘘ってのは始末が悪い。そこには悪意しかないからな。つまり、人を陥れようという悪意しかないんだよ」

「なるほどな」

言ったのは伝助ではなく銀次だった。伝助に視線を向けられ、

「なるほど、と、これでわかっただろ」

銀次は咳払いをした。

「ええ、なんとなくですが。で、親分は蛾次郎の奴はほら吹きだが嘘つきではないとおっしゃるんですね」

「ああ、そうだよ。あの態度、嘘じゃなかった」

「わたしも、そんな気がしますね」

豆六も応じた。伝助は、

「でも、亡骸なんてどこにもありませんでしたよ」

「それだよ。きっと、暗闇に紛れていた下手人がどこかへ運んだんだ」

銀次は言った。

「すると、亡骸はいずれ何処からか出てくるかもしれませんね」

豆六は厳しい顔をした。

「そうですかね」

伝助はまだ納得できないように小首を傾げた。

「町廻りの途中で亡骸と出くわすかもしれねえぜ」

銀次が言うと、

「あれ、蛾次郎だ」

伝助が前方を指差した。蛾次郎は天秤棒を担ぎうろうろとしている。

「蛾次郎」

伝助が呼ぶと、蛾次郎は目元を緩め笑みを浮かべたが、すぐに笑顔を引っ込め暗い顔になった。

「どうした」

銀次が聞くと、

「それが」

蛾次郎は天秤棒に吊り下げた笊《ざる》を指差した。

「納豆、全然売れてねえじゃねえか」

銀次が言うと、

「誰も買ってくれねえんです」

蛾次郎はしょげ返った。

六

「ほんとに困りました」

「どうして買ってくれねえんだ」

銀次の問いかけに、蛾次郎は眉間に皺を刻んだ。

「おいらが嘘つきだって」

蛾次郎は昨晩の殺しの一件が町中に広まり、すっかり蛾次郎の評判が落ちてしまったのだという。

「自業自得だよ」

伝助は言ったが、蛾次郎のしょぼくれように それ以上は言葉を繋げられず黙り込んだ。

銀次は顔をしかめた。

「でも、おいら、嘘は言っていないんですよ」

蛾次郎は銀次にすがった。

「おれは信じてやっているが、亡骸も殺しの跡もねえんじゃな」

銀次も困った顔になった。

「ま、亡骸が出てきたらおまえも信じてもらえるよ。おれたちも探す。おまえもここら辺りを廻っているんだから目と耳をそばだてているんだな」

豆六は励ました。

「はい、でも、おいら。納豆が売れないんじゃ……」

蛾次郎はうつむいた。

「そう陰気な顔をするな」

銀次は蛾次郎の肩を叩いた。

「じゃあ、親分、殺しの取調べをなすってくださるんで」

蛾次郎は顔を輝かせたが、

「いや、御奉行所で取り扱うわけにはいかねえ。なにせ、なんの証拠もないんだからな」

「なんだ、そうか」

蛾次郎は再びうなだれた。

「そう、がっかりするなよ」

豆六が言うと、

「その納豆、うちで買ってやるよ」

銀次が引き受けた。たちまち蛾次郎は、

「ありがとうございます。助かります」

表情を明るくしたものだから、

「調子良いぞ、おまえ」

銀次は頭をこづいた。代わりに伝助が心配顔になり、

「いいんですか、こんなに納豆買って。女将さんやお勝さんが黙ってはいないですよ」

だが、この伝助の一言が銀次の決意をたしかなものにし、

「かまわねよ。主のおれが決めたことだ」

胸を張った。

だが、一富士に着くと、

「こんなに、納豆買ってどうするのよ」

お勝は頬を膨らませ、お藤は、

「まったく、あんたって人は、いいところを見せることしか考えていないんだから。ほんとにもう」

だが、銀次は蛾次郎の手前、

「馬鹿野郎、主が請け負ったんだ」

と、調理場に納豆を運ばせた。蛾次郎は、

「すみません」

と、お藤とお勝にぺこぺこと頭を下げた。

「まあ、困ったらいつでも来な」

銀次は得意げである。

「はい、では、明日も来ます」

蛾次郎が言うと、たちまちお藤とお勝が凄い形相で銀次を睨んだ。銀次はさすがに無視できず、

「おい、甘えるのも大概にしろ。明日からは自分でどっか遠くまで行って売りな」

「わかりました」

蛾次郎は頭を掻きながら返した。

「ともかく、おれも御奉行所に当たってみるよ。ひょっとして、おまえが目撃したっていう亡骸が江戸のどっかで見つかっているかもしれねえ」

「どうか、お願いします。でなかったら、おいら、このままじゃ、商いができなくなってしまいます」

蛾次郎は深刻な顔で出て行った。すると、入れ違いに牛久保京乃進が暖簾を潜って来た。

「腹減ったな。まだ、昼には早いか。朝飯を食べ損なってしまったんだ」

京乃進は大刀を鞘ごと抜き、小机に腰掛けた。

「いえ、大丈夫ですよ」

銀次が言うとお藤もお勝もにっこり笑った。調理場から、丼飯と味噌汁、めざしに納豆が丼に山盛りになって出てきた。

「なんだ、この納豆は」

京乃進は目を白黒させたが、

「朝飯の分まで食べてくださいよ」

銀次は納豆入りの丼を取り上げ箸でかき回し始めた。京乃進は小首を傾げた。

「さあ、まだまだ、たくさんありますからね」

銀次は丼飯に納豆をたっぷりとかけた。京乃進は苦笑しながらも、

「なんだか、わからんが、納豆は好物だ」

口の周りを納豆と米粒で一杯にしながら夢中でかき込んだ。京乃進が食事を終えるのを待ち、

「ところで、団十郎の旦那。ちょいと妙な殺しがありましてね」

銀次は向かいに座った。京乃進の目に緊張が走った。

「殺し、なんで早く言わないんだ。すぐに行くぞ。何処だよ、現場は？」

京乃進は大刀を摑んだ。

「いや、それが、肝心の亡骸が見つからないんですよ」

「なんだと」

京乃進は浮かした腰を下ろした。銀次は昨晩の一件を語った。

「それは、なあ」

京乃進は浮かない顔をした。

「やっぱり、御奉行所で動いていただくわけにはいきませんかね」

「むずかしいな。そんな雲をつかむような話では」

京乃進の言葉に銀次は反論することはできなかった。

七

蛾次郎はともかく納豆が売れたことに胸を撫で下ろし、自宅へ戻った。建てつけの悪い戸を開けるとすすり泣きの声がした。

「どうした、おっかあ」

蛾次郎は部屋に駆け上がった。

「おめえが嘘つきの馬鹿息子だって、近所のみなさんが……」

うめは啜り上げた。

「なんだって」

うめは近所の連中が蛾次郎は嘘をついてお上を煩わせているどうしようもない男

だという話を口汚く話していたことを語った。

「そんなことをみんなが言ってたのか」

「おめえ、嘘ついたのか」

うめは蛾次郎の半纏の襟を摑み揺さぶった。蛾次郎は揺さぶられるまま、

「いや、おら、嘘なんかついていねえ」

「ほんとだな」

「ああ、本当だ」

「おっかあに嘘ついたら地獄へ落ちるぞ」

うめは涙が枯れたのか乾いた声を出した。

「ほんとうだ。信じてくれ」

今度は蛾次郎がうめの両肩を強く握りしめた。

「わかった。おめえを信じる」

うめは言ってからふと我に返ったように、

「おめえ、商いの方は大丈夫か」

心配げに聞いてきた。蛾次郎は口ごもったが、

「ああ、心配するな。ほれ、この通り、全部売ってきた」

天秤棒に下がった笊を指差した。うめは安心したように、

「そうか。おめえ、働きものだな」

「ああ、おら、早くおっかあに絹の布団を買ってやるからな。あったけえぞ」

「絹の布団なんかいらねえ、おまえ、無理すんなよ」

「無理はしねえ。さあ、横になってろ」

蛾次郎に言われ、うめは煎餅布団にくるまった。

「ふ〜う」

蛾次郎は笊に視線を向けた。明日からどうしようという思いが胸をつく。このままでは買ってくれないばかりではない。今まで売ってくれていた豆腐屋も売ってくれなくなってしまうかもしれない。

蛾次郎は島崎町の豆腐屋にやって来た。

「旦那、明日の分を買いに来ました」

蛾次郎は神妙な顔をしたが、

「ないよ」

主人に冷たく返された。

「ないって、そんなはずはないと思いますが」

「嘘つきに売る物はないって言ってるんだ」

主人は蠅でも追い払うような態度だ。

「そんな、旦那、勘弁してくださいよ」

蛾次郎はべそをかいた。

「そんな顔したって駄目だ。帰れ」

主人はにべもない。

「おら、嘘なんかついちゃねえんです」

蛾次郎は土間で両手をついた。

「馬鹿、そんな真似するな。そんな真似するくれえなら、正直にまっとうに生きろ」

主人は蛾次郎の襟首を摑んで立ち上がらせ店の外に追い出した。

「旦那、お願いです」

蛾次郎はすがったが、戸はぴしゃりと閉じられた。

蛾次郎は斜めに傾いた陽をぼんやりと眺めやった。冷たい風が虚しく胸を吹き抜ける。

「あ〜あ」

蛾次郎はため息をついた。

どうしたものかと呆然と歩き出した。歩いてもどうしていいのかわからない。嘘なんかついていない。おれは本当に亡骸を見たのだ。間違いなく清兵衛の家の庭で見たんだ。それなのにこんな目に遭っている。

どうしよう。このままでは商いができない。商いができなければ、おっかあに絹の布団を買ってやれない。いや、それどころではない。食べられなくなるんだ。母と子が路頭に迷うのだ。住む家もなく、食べる物もなく……。

蛾次郎の足は清兵衛の家に向いた。


その日の夕刻、銀次が一富士の二階にいると、

「親分、ちょっと」

伝助の声が階下から聞こえた。

「どうした」

階段を降りると蛾次郎が立っている。左腕から血が滴り落ちていた。

「親分、おいら、襲われました」

蛾次郎は悲壮な顔を向けてきた。

「まあ、上がれ」

銀次は蛾次郎を手招きした。次いで、

「焼酎とさらしを持って来な」

伝助に言いつけた。

「すみません」

「腹減ってねえか」

「ええ、大丈夫です」

銀次は蛾次郎を二階に導いた。

「どこでやられた」

「清兵衛さんの家の近くです」

「まあ、座りねえ」

銀次は蛾次郎を目の前に座らせると半纏の袖を捲くった。包丁で切られたような傷口が現れた。

「親分、どうぞ」

伝助は焼酎の入った五合徳利とさらしを持って来た。

八

「ちょっと、我慢しろよ」

銀次は徳利から焼酎を口に含むと蛾次郎の傷口に向かって思い切り吹きかけた。蛾次郎は顔を歪ませた。さらしを傷口に当て手早く巻いた。

「よし、これで大丈夫だ。てえした傷じゃねえや」

銀次はぽんぽんと蛾次郎の腕を叩いた。蛾次郎は頭を下げた。

「どんな奴にやられたんだ」

「きっと、おいらが見た亡骸の下手人ですよ」

蛾次郎は声を上ずらせた。

「どうしてそんなことがわかるんだ」

銀次は静かに聞いた。

「だって、おいらが襲われるのはそれ以外に考えられませんや。おいらに見られて、おいらの口封じをしようとしたに決まっています」

「口封じな、で、姿、格好は？」

「それが、暗がりからいきなり襲われたましたのではっきりとはわからねえです」

蛾次郎はぼそぼそと口の中で言った。

「それで、周りには誰もいなかったのか」

「はい」

「おかしいな。さっきおいらもあの辺りの近くにいたんだがな」

銀次は小首を傾げた。

「ええ、それが、誰もいませんでした」

蛾次郎の目が泳いだ。銀次はにやりとして、

「おい、今度は嘘つくつもりか」

蛾次郎は目を伏せた。

「いいか、おめえは法螺吹きだが、嘘はつかねえとおれは思っているんだ。それが、こんな田舎芝居をしやがって、おらあ、がっかりだぜ」

銀次の言葉が終わらないうちに、蛾次郎の目から大粒の涙がこぼれた。

「おい、泣いたって駄目だぜ」

銀次は厳しい声を発した。

「おらあ、悔しい」

蛾次郎はじゃくり上げた。

「信じてもらえないことがか」

「はい。みんなおらのこと嘘つき呼ばわりをしてる。おっかあの耳にまで入った。ほんで、商いもできねえ」

蛾次郎はうめが泣いていたこと、豆腐屋から出入り止めを食ったことを話した。銀次は黙って聞いていたが、

「辛えだろうな。でもな、ここはぐっと堪えるのが男ってもんだ。こんな小手先のごまかしなんかしちゃあ駄目だ。正真正銘の嘘つきになっちまうぞ」

銀次はやさしく諭した。

「はい、おら、間違ってました」

「おれも殺しの線は探っている。きっと、なんか手がかりはあるはずだ」

実際には殺しの探索が一向に進展せず焦りを感じている。

「親分さん、お願いです。おら、このままじゃ」

蛾次郎は両手をついた。

「わかってるよ」

銀次は言ったものの肝心の亡骸が見つからないことにはどうしようもないのが現

実だった。

翌朝、銀次は一人で清兵衛の家に向かった。清兵衛が殺しが行われていたと証言すれば奉行所を動かせる。しかし、清兵衛が嘘をついたという確信はない。第一、嘘をつく理由もないようだ。ならば、足を向けたところでどうなるものでもないのだが、わずかな活路でも見出すには現場を調べるしかない。

蛾次郎の思いつめた顔を見せられたのでは放っておけなかった。

清兵衛は今日も縁側で日向ぼっこをしていた。女房の姿はなく一人である。

「すんませんね」

銀次は頭を下げながら近寄って行くと、

「いいよ、暇な身なのでね」

清兵衛はにっこり返した。

「まったく、いい日和ですね」

銀次は青々とした空を見上げた。雲雀《ひばり》が気持ち良さそうに飛んでいる。

「年寄りにはこうしてぼおっと時を過ごすのが何よりの楽しみじゃよ」

「あたしは、どうもじっとしているのは苦手ですね。生来のおっちょこちょいと言いますか、じっとしていられない性質ですからね」

「十手持ちの親分はそうでなくてはいけませんな」

清兵衛は頬を緩ませた。

「で、またしても一昨日の晩のことなんですがね」

銀次はおもむろに切り出した。

「ああ、あの一件、まだ関わっているのですか」

清兵衛の顔には明らかに暇だなという言葉が滲んでいた。

「なにしろ、人が殺されたのかもしれませんからね」

銀次は清兵衛の嘲《あざけ》りを跳ね返すようにきつい目を返した。

「親分も大変ですな」

清兵衛は立ち上がった。

「で、ご隠居さん。申し訳ねえんですが、もう一度思い出していただけませんか」

銀次は清兵衛の背中に言った。

「だから、思い出すもなにも、前に言った通りだよ」

清兵衛はしかめた顔で振り向いた。

「どうも蛾次郎の奴が言ってることを嘘とは決めつけられない気がするんですよ。岡っ引の勘て奴ですがね」

銀次は清兵衛の機嫌を損ねないよう下手に出た。しかし、清兵衛は不機嫌に顔を歪め、

「じゃあ、あたしが嘘をついたとでも言うのかい」

「いえ、そういうことじゃねえんで」

銀次はあわてて取り繕った。だが、清兵衛の怒りは納まらないどころか目がきつくなり、

「あたしはこれでも木場じゃあちっとは知られた商人だった。仲間内からは正直清兵衛とまで言われた男だよ。そのあたしが物音を聞かなかったって言っているんだ。それともなにかい、ほら吹きと評判の納豆売りの言うことの方が信用できると言うのかい。それが十手持ちの親分の見識なんだね」

「そんなことおっしゃらねえでくださいよ、あたしはご隠居さんのことを疑ってるんじゃないんですから」

「じゃあ、なんだい。もう一度、思い出せとは疑っている証拠じゃないか」

「ですから、もしかして聞き漏らしたということはないかって。うっかり聞き漏らしたってことだってあるかもしれませんよね」

銀次は言葉を継いだ。清兵衛は顔をそむけ、

「ない。そんなことはない。わたしはなんの物音も聞かなかった」

ぴしりと返した。それ以上、問いを重ねる余地は許さないような雰囲気だ。仕方なく、

「どうも、失礼しました」

銀次は頭を下げ去って行った。

九

銀次が一富士に戻ると、豆六が待っていた。

「土左衛門が上がったそうです」

「何処だ」

「永代橋の袂だそうです。伝助が向かっています」

「行くぞ」

銀次は豆六と一緒に一富士を飛び出した。

大川の河岸に着くと京乃進と伝助が待っていた。遠巻きに野次馬が眺めている。春の大川は多くの船が行き交い、川面が鏡のように銀色に輝いていた。

「旦那、遅くなりました」

銀次は頭を下げながら土左衛門の傍らに立った。京乃進は眉間に皺を刻みながら亡骸を見下ろし、

「首を絞められているな」

「それが死因ですか」

銀次は亡骸に屈みこんだ。

「殺されて何日か経っているな」

京乃進は言った。

「そのようですね」

銀次も応じた。

「身元ははっきりした」

「そうなんですか。早いですね」

「この近くの船宿の女将が見知っていたんだ。扇橋町の醤油問屋湊屋《みなとや》の手代で粂吉《くめきち》だ」

京乃進は言った。

「そうですか。醤油問屋の手代ね」

銀次は顎を掻いた。

「財布を盗まれてますよ」

豆六が見上げた。

「ということは、物盗りの仕業か」

「おそらくな」

京乃進は言ってから河岸に流れ着いた船を眺めやった。銀次も視線を向けると、

「仏はあの船に乗せられていたんだ。筵《むしろ》を掛けられしばらく放置されていた。それが、異常な臭気を放つようになって犬が騒ぎ出し、船宿の船頭たちがここまで引きずり出したんだ」

「なるほど」

銀次はうなずいた。

「つまり、大川の上流で殺されたってことだな」

京乃進が言うと、

「仙台堀の上流かもしれませんよ」

銀次は意見を挟んだ。

京乃進は一応は受け入れた。

「でも、なんだってわざわざ船で運んだのですかね」

銀次は疑問を口に出した。

「そうだよな。物盗りの犯行なら財布を盗めばそれで終わり。おそらく、奪おうとした時に抵抗されて殺したんだろうから。殺せばそれですむはずだ。わざわざ、船で運んだというのはいかにも妙だ」

京乃進は首をひねった。すると、銀次は両手を打ち、

「おい、蛾次郎を呼んで来い」

豆六と伝助に言った。すると、京乃進がそれを制し、

「おい、まさか、蛾次郎が見かけたという亡骸だというのか」

「ひょっとしたら、と思いましてね。下手人は清兵衛の家に死体を放置した。ところが、それを蛾次郎に見られてしまい、ここまで運んだ、と考えられませんかね」

「だが、見られたからといってわざわざ運び去ることはないだろう。それに、清兵衛は断じてそんな物音も人の声を聞いていないと断言しているのだろ」

京乃進の問いかけに銀次が答えようとした時、

「これ、ここを見てください」

豆六が口を挟んだ。京乃進と銀次は再び亡骸に屈みこんだ。

「首を絞めた跡が、ほら」

豆六は首筋を指差した。喉仏に指跡がありさらに首の周りに紐のようなもので締めたと見られる跡もあった。

「こら、二回締めているな」

京乃進が言うと、

「わかりましたぜ」

銀次は目を光らせた。京乃進もうなずく。

「仏は一度では死ななかったってことか」

「そうですよ。下手人は粂吉を一旦、絞め殺した。ところが、粂吉はそれでは死ななかった。おそらく、気を失っただけだったのでしょう。蘇生したのを見て、もう一度絞めて息の根を止めた」

銀次は伝助の首を絞めながら話した。伝助は、「苦しいですよ」とうめき声を上げ銀次につき合った。

「そうだよ、多分、それで間違っていないだろう」

京乃進はうんうんと首を縦に振った。

「でしょ」

銀次は得意げに鼻の下を指でこすった。

「おまえにしては珍しくまともな推量だ」

「珍しくねえ」

銀次は得意げな顔をくもらせ複雑な顔になった。

「すると、下手人は単なる物盗りの犯行ではなかったってことだ。むしろ、物盗りに見せかけたかもしれんということだな」

「そういうこってすよ」

銀次は京乃進に向かってうなずいてから、

「豆は仏の奉公先の湊屋へ報せに行け。伝助は蛾次郎を引っ張って来い」

「あっしが蛾次郎をですか」

伝助は口を尖らせた。

「おい、そう嫌な顔をするな。あいつ、中々の孝行息子なんだぞ」

銀次が宥《なだ》め、豆六も行ってこいと伝助の肩を叩いた。伝助が首を縦に振ったところで二人は一目散に走り出した。

「さて、蛾次郎が見たというのが粂吉だったら話は落着するんですがね」

「でも、清兵衛は否定しているんだろ」

「ええ、そうなんですよ」

「法螺吹きが本当のことを言ったのか正直者が嘘をついたのか。妙な話になったもんだな」

京乃進はおかしそうに肩を揺すった。

十

一時ほどして、豆六が一人の男を連れて来た。縞柄の小袖に湊屋の屋号の入った前掛けをし、黒の羽織を着ている。

「湊屋の番頭、次郎衛門《じろえもん》でございます。粂吉、一体誰に殺されたんですか」

次郎衛門は視線を泳がせた。

「それはこれから調べます。今は、まず仏が粂吉かどうか顔を見てくだせえ」

銀次に促され次郎衛門はうなずき粂吉の亡骸に向かった。すぐに、

「粂吉です」

視線を一瞬落としただけですぐに顔をそむけた。

「気の毒なことだな」

銀次が語りかけると、

「ええ、思いもかけないことでございます」

次郎衛門はうつむいた。

「粂吉は一体何をしていたんだ」

京乃進は次郎衛門を河岸の隅に連れて行った。

「三日前のことでした。粂吉は掛取りに行ったまま姿を消してしまったのです」

「掛取りですかい。一体どれくらいです」

銀次が聞いた。

「三軒ほどで百両ほどでしょうか」

次郎衛門は空を見上げながら素早く計算した。

「百両か。そいつは、大金だな」

銀次が京乃進を見ると京乃進もうなずいた。

「手前どもも案じておったのでございます」

「そうか、粂吉、運が悪かったな」

銀次は同情するように言った。

「あの、亡骸を引き取ってよろしいでしょうか」

次郎衛門はおずおずと切り出した。

「ああ、いいと言ってやりてんだが、もうちょっと待ってくんな。そうだな、どのみちあんた一人じゃ無理だから、二、三人店の者でも連れて出直してくれるか」

京乃進が答えた。

「わかりました。そうさせていただきます」

次郎衛門が立ち去ろうとした時、

「ちょいと、その怪我どうしました」

銀次は次郎衛門の右の小指を指差した。次郎衛門はびくっとしたがすぐに笑顔を作って、

「いや、ちょっと包丁で」

「包丁で。すると、料理でもお造りになった時に怪我をなすったんですか」

「ええ、まあ」

次郎衛門はそそくさと立ち去った。

次郎衛門の姿が見えなくなったところで、

「なんだ、おまえ」

　京乃進が聞いた。

「ええ、ちょっと、嫌な気がしましたんでね」

「嫌な気というと」

「あの番頭、長年奉公していた手代の顔をろくに見ようともしませんでした」

「そら、仏の形相に顔をそむけたんだろう」

「そうかもしれませんが、両手を合わせることぐらいするんじゃねえですか。それを……。おい、豆」

　銀次は豆六に視線を向けた。豆六はなんでしょうという顔を向ける。

「おい、おまえ、番頭になんて言って連れて来たんだ」

「お宅の粂吉さんらしき土左衛門が永代橋の近くで上がったから確かめに来て欲しいって言いました」

「土左衛門って言ったんだな」

　銀次は念を押した。

「ええ、間違いありませんよ」

「ね、ところが次郎衛門は粂吉が殺されたことを知っていた」

「なるほど、怪しいが」

京乃進は慎重な姿勢を崩さない。

「まだ、ありますよ。百両です。粂吉のなりを見てください。木綿の着物に前掛けだ。どっかの商店の手代にしか見えない。しかも、今は掛取りの時期じゃない。なのに、下手人は粂吉が大金を持っていたことを知っていた」

「財布を盗んだら、たまたま、百両という大金があったのかもしれんぞ」

京乃進は揚げ足を取るような言い方をした。銀次はひるむことなく、

「そりゃ、そうですがね。でも、次郎衛門が怪しいことに変わりありませんよ。あの指の怪我だって包丁で切ったなんて言ってたが、実際には粂吉を絞め殺した時にできたのかもしれない」

次いで豆六に視線を向け、

「湊屋で次郎兵衛と粂吉の評判を聞きこんでこい」

「わかりました」

豆六は銀次の推量を聞き、引き締まった顔で応じた。すると、その時、

「親分、連れて来ましたぜ」

伝助が蛾次郎を伴ってやって来た。蛾次郎はもじもじと身をくねらせ銀次の前に

出た。

「伝の字から聞いたと思うが、おめえが見たという亡骸かどうか確かめてもらいたいんだ」

銀次は人の形に盛り上がった筵を顎でしゃくった。蛾次郎は、

「おいら、怖い」

怯えるように首をすくめた。

「馬鹿、びびってる場合か。おめえが言ったことが本当かどうかはっきりするんだぜ」

銀次は蛾次郎の腕を摑んだ。反射的に蛾次郎は抗うような姿勢を見せたが、

「いいから、来い」

銀次は引きずるようにして亡骸まで連れて行った。

「さあ、よく見ろ」

銀次は筵を捲った。蛾次郎は横を向いていたがやがて両手を合わせ、

「なんまんだ、なんまんだ」

と、つぶやいてから粂吉の顔に視線を落とした。最初は薄目を開けて顔をそむけながら見ていたが、やがて両目を開け、最後には食い入るような顔になった。

「どうだ」

銀次に聞かれ、

「う〜ん、そうですね」

蛾次郎は困惑のうめき声を放った。

「こいつじゃないのか。よく見ろよ」

伝助も横で応援するように言った。

「こいつはな、扇橋町の醤油問屋湊屋の手代だ。おめえが見かけた清兵衛の家の近くに勤めている。どうだ」

銀次は蛾次郎が思い出しやすかろうと言葉を足した。蛾次郎はしばらく口の中でぼそぼそと呟いていたが、

「すんません。よくわかりません」

と、泣きそうな顔をした。

十一

「おい、おい、しっかりしろよ」

銀次が言うと、

「見た男かどうかぐらいはわかるだろう」

伝助も言った。蛾次郎は首を振りながら、

「それが、わからねえんです。あの時は暗かったたし、死んでるってことですっかり浮き足だってしまって、顔まではよく覚えていないんです」

「それは無理もない話だが」

銀次は困った顔をした。

「でもな、ここが肝心のことなんだぞ」

「わかってますが。でも、おいら、嘘をつくわけにはいかねえです。覚えていないものを覚えているふりをするなんてことできません」

蛾次郎は声をふりしぼった。

「まあ、おめえの気持ちはわかるが」

銀次はため息をついた。

「ま、状況を考えれば蛾次郎が見た死体と考えていい気もするがな、清兵衛の証言とは反する。さてと、どうしたもんか」

京乃進は銀次を見た。

「蛾次郎、ところで、商いの方はどうなんだ」

「それが、相変わらず出入り止めで」

蛾次郎はうつむいた。銀次が、

「おれが一緒について行ってやるよ」

「いえ、そんな、親分に迷惑はかけられませんよ」

「なに、言ってるんだ。ついて行ってもらえよ」

伝助が口を挟んだ。

「親分、おら、一人で行きます」

蛾次郎は顔を上げた。伝助は尚も言いかけたが、銀次に止められた。

「では、おいら、これで」

蛾次郎は去って行った。

「親分、蛾次郎の奴、このままじゃあ商いができなくなってしまいますよ」

「どうした。おめえ、蛾次郎を信用できねえ法螺吹き野郎だって怒っていたじゃねえか」

「そりゃそうですが。あいつの孝行ぶりや一生懸命さを見ていたら、本当のこと言ってるに違いないって思えてきたんですよ。そうなったら、あっしはあいつに悪いことをしたなあって、ちょっぴり後悔しただけです」

伝助は頭を掻いた。

「それなら、あいつが本当のことを言ったってことを証明してやらないとな。それにはだ」

銀次は豆六に言ったように湊屋の番頭、次郎衛門が疑わしいことを言い、身辺を聞き込むよう言いつけた。

「わかりました。蛾次郎のためにも性根を入れてやってきます」

伝助は一目散に駆け出した。

「さてと、団十郎の旦那」

「おう」

「おれたちは清兵衛のところへ行きませんか」

「残る問題だな」

「正直清兵衛が嘘をついたのかどうか。確かめに行きましょう」

銀次と京乃進は清兵衛の家に向かった。

銀次と京乃進は清兵衛の家にやって来た。庭に面した居間で清兵衛は応対した。銀

次が京乃進を紹介すると、

「なんですかな、今日は」

清兵衛は銀次が奉行所の同心を連れて来たことに戸惑いと不安、それに若干の怒りを滲ませた。

「例の死体の一件なんですよ」

銀次が言うと、

「だから、わたしは知らんと言っているじゃないか」

清兵衛はむきになった。

「それがね、ご隠居、それらしき亡骸が見つかったんだ」

銀次はかいつまんで粂吉の亡骸が発見されたことを説明した。京乃進はじっと清兵衛の視線から目を外さなかった。清兵衛は目を白黒させた。銀次はここが勝負時だとばかりに鎌を掛けることにした。

「その粂吉、状況からしてこの近くで殺されたに違いないんですよ。粂吉がこの辺をうろついていたのを見かけた者も現れたんだ」

銀次は身を乗り出した。清兵衛は顔をそむけ、

「知りません」

すると、京乃進が、

「とぼけるな」

団十郎ばりの男前の顔を歪ませた。清兵衛はぴくっと背筋を伸ばした。

「す、すみません」

清兵衛は両手をついた。

「ご隠居さん。話してくれるね」

銀次の言葉に清兵衛はこくりとうなずくと、

「ですが、あくまでここだけの話とお約束くださいますね」

「ああ。約束するよ。その代わり、本当のことを話すんだぞ」

京乃進は釘を刺した。清兵衛は苦笑を漏らしながら、

「実は、あの晩わたしは本当に何も聞いていないのです」

とたんに銀次が目を剝き、

「ご隠居、まだそんな嘘を」

すると、清兵衛はあわてて、

「いや、話は最後まで聞いてください。本当に聞いていないってことは間違いありません。正直な話です。嘘はついていません。ただ、聞いていなかったことに問題があ

ったのです」

と、恥ずかしげな顔をした。

「まさか」

銀次はその清兵衛の恥ずかしげな態度にぴんときた。清兵衛は、

「そうなんです。あの晩、わたしはたしかに親分にお見せした寝間で寝ていましたが、その、お恥ずかしいことに女房が実家に帰っていることをいいことに女を、その、店の奉公人を連れ込んで」

清兵衛は頭を下げた。銀次が見た布団の女は女房ではなかったのだ。清兵衛は若い娘との睦言に夢中になっていて庭の物音など耳に入らなかったのだ。

「ですから、このことは女房には」

清兵衛は両手を合わせた。

「わかったよ。かみさんには黙っている。約束するよ」

銀次が言うと京乃進もうなずいた。すると、しれっとした顔で清兵衛は、

「でも親分、こんなこと言ってはなんだが、わたしゃ、嘘をついていなかったからね。物音を聞いていなかったのは本当なんだから。嘘はついていなかったんだから」

銀次と京乃進は顔を見合わせ苦笑を浮かべた。

「ご隠居、そういうのをへ理屈って言うんですよ。いいですか、おかげで蛾次郎は嘘つき呼ばわりされ、豆腐屋から出入り止めまで食らってるんですよ。商いもままならず、おふくろさんも大変な心配をしてなさる」

銀次は語っているうちに語気が荒くなった。清兵衛は目をしょぼしょぼとさせ、

「申し訳なかった」

「謝るんなら蛾次郎に謝るんだな」

激した銀次を京乃進がなだめ、

「清兵衛、後日、奉行所で証言してもらうからな」

釘を刺すように言葉を浴びせた。

清兵衛は神妙な顔で両手をついた。

湊屋の番頭、次郎衛門はあっさり白状した。

次郎衛門は博打に凝り、店の金に手をつけた。それを埋め合わせるべく粂吉が掛取りする金を当て込もうと考えた。粂吉が掛取り先から帰ってくる頃合を見計らい、店の前で待っていた。粂吉をつかまえ、内々に話があると店の裏手にある材木置き場

に誘った。

そこで粂吉を殺そうと思ったが、粂吉に気づかれた。粂吉は驚き、近くにあった清兵衛の寮に逃げ込んだ。次郎右衛門は追いつき柿の木の下で粂吉を絞殺した。この時は予め用意した紐は使わず手で絞めた。それでも粂吉は意識を失った。次郎右衛門は仕留めたと思った。

すると、そこへ蛾次郎がやって来た。次郎右衛門は夜陰に紛れたが粂吉を隠す暇はなかった。

蛾次郎は驚いて銀次に報せに向かった。その直後、粂吉が息を吹き返した。粂吉は店に戻って行った。次郎右衛門は追いかけ、大横川の川端に出たところで、もう一度、今度は用意してきた紐で絞殺した。その際、粂吉に指を嚙まれ怪我を負った。

次郎右衛門は自分は一切関わりなく、あくまで物取りの犯行だと見せかけるため、できるだけ遠くで亡骸が見つかるよう、大横川の河岸に繋がれていた荷船で大川まで運んだのだった。

一件が落着し、蛾次郎は豆腐屋から出入りを許され商いを再開できるようになった。

亥の堀端の道で元気な売り声を上げる蛾次郎に、

「おう、良かったな」

町廻りをしていた銀次が声をかけた。豆六と伝助も笑顔を送る。蛾次郎は満面に笑顔を広げ、

「おっかあを絹の布団に寝かせてやることができたんですよ」

銀次たちは小さく驚きの声を上げた。伝助が、

「おい、またぞろ、ほら吹きの虫がうずいたんじゃねえだろうな」

蛾次郎の頭をこづいた。蛾次郎は大きくかぶりを振って、

「それがね、ご隠居さんがくだすったんですよ」

すると銀次が素っ頓狂な声で、

「ご隠居さんて、清兵衛さんかい」

「ええ、そうなんです。この間は悪かったって。遠慮したんですがね、どうしても受け取れって」

「もらっとけばいいさ。その代わりこれからは商いに一生懸命精を出すんだぜ。おふくろさんを大事にな」

銀次は清々しい心持ちがした。

「お世話になりました」

蛾次郎は天秤棒を担ぎ、売り声を放った。

「へ理屈清兵衛、反省しやがったな」

銀次が言うと豆六と伝助は腹を抱えて笑った。若葉が芽吹き、新緑が目に沁みる初夏の昼下がりだった。

特選時代小説
KOSAIDOBUNKO

十手《じゅって》剝奪《はくだつ》
粗忽《そこつ》の銀次《ぎんじ》捕物帳《とりものちょう》
2009年4月1日　第1版第1刷

著者
早見《はやみ》　俊《しゅん》
発行者
矢次　敏
発行所
廣済堂あかつき株式会社
出版事業部
〒104-0061 東京都中央区銀座3-7-6
電話◆03-3538-7214［編集部］03-3538-7212［販売部］Fax◆03-3538-7223［販売部］
振替00180-0-164137　http://www.kosaidoakatsuki.jp

印刷所・製本所
株式会社廣済堂

ISBN978-4-331-61364-1　C0193

早見 俊の書下ろし時代小説

『消えた花嫁 粗忽の銀次捕物帳』

定価 本体600円＋税

ISBN978-4-331-61347-4

白無垢姿の花嫁が婚礼の宴のさなか
忽然と消えた。
早とちりの迷推理にもかかわらず
なぜか難事件を落着させる岡っ引、
銀次親分のとんでもない大活躍を
描いた表題作を含む四話収録。

早見 俊の書下ろし時代小説

『月下のあだ花 町医者順道事件帳』

定価 本体６００円＋税
ISBN978-4-331-61315-3

日本橋の材木商、北原屋の主人、善右衛門が何者かに殺された。下手人の痕跡が全くない土蔵内の殺人事件。謎が謎を呼ぶ完全犯罪に立ち向かう蘭方医、美濃村順道の名推理が冴える。

早見 俊の書下ろし時代小説

『天魔の罠 町医者順道事件帳』

定価 本体600円+税

ISBN978-4-331-61335-1

斬殺の死体の周りに並べられた
朝顔の鉢が意味するものは？
江戸を騒がす奇奇怪怪な
連続殺人の下手人を追う蘭方医、
美濃村順道の活躍を描く
時代ミステリーシリーズ第二弾！